「身軽」の哲学

山折哲雄

新潮選書

「身軽」の哲学　目次

「身軽」の哲学

序章　存在の重さと軽さ

消化器系と循環器系

何とか身軽になりたい、それが年来の希望だった。

何としてでも身軽を手に入れたい、それがほとんど口癖になっていた。

きっかけは、病気だった。ある日、突然襲ってきた目まいだった。

天地《あめつち》が、そのままひっくり返ったような揺れを感じて、仰天した。

一昨年の十二月、冬である。忘れもしない、その十三日……。

京都はもちろん厳寒期に入っている。早朝、街に散歩に出て帰ってきたとき、暖気に包まれた玄関に入ったためであろう、くるくる目が廻って思わず尻もちをついた。

そのまま意識が遠のき、立ち上れなくなっていた。

天地の
　分れし時ゆ
　　目まいして

あとから、ベッドに横たわりながら思いついた一句だ。それを、つくった気分ではなかった。突然、口をついて出た一句だった。

診断は、軽い脳梗塞。根本の原因は心臓の心房細動に発する不整脈で、それでできた血栓が脳に飛んで、一時的な梗塞を引きおこしたのだという。

担当主治医が、そのように説明してくれた。

手術をするか、薬剤投与でしのぐか。手術がうまくいけば、完治する……。

すでに私は八十六歳になっていて、衰老のからだを抱えていた。だが、比較的健康だから全身麻酔の手術でも耐えられるだろう、と励まされた。

私は、手術に賭けることにした。

カテーテルを五本、足の太ももの付け根から血管にさしこみ、しだいに心臓に近づけていって、心房細動の患部を焼き、不整脈をもと通りにするのだときいた。

手術前、この手術が成功するか、うまくいかないか、それぞれ何パーセントの確率とか、不具合な故障がどのくらいの確率で生じるか、いろんな数字をだして了承することをもとめられる。それが何項目にもおよぶうちに、だんだん気が滅入ってくる。

えいやっ、とばかり医師にすべておまかせすることにした。

案ずるよりは、生むがやすし。四～五時間かけた手術はうまくいった。わずか二泊三日の入院で自宅にもどることができたのだからいうことはなかった。

以後今日まで、わずか二年足らず、再発予防の薬をのむだけでもとのからだに復帰しつつある。ありがたいことである。

突然の目まいで天地が分れ、倒れこんだあとはしばらくのあいだベッドに寝たままの状態がつづいた。ただ呆然とし、考えるともなく妄想のようなものとたわむれていた。

私は若いころから、いろんな病いにかかり、ほとんど二人三脚のようなありさまでそれとつき合ってきた。小児喘息がはじまりだった。小学校時代、発作がおこると三、四日は休んで寝ていた。

中学に入るころから、それが慢性化してなかなかおさまらない。いつのまにか両腕両ももが、注射のあとでぱんぱんに腫れていた。

高校から大学にあがるあたりから、こんどは胃腸に異変が生じ、しくしく痛みだして十二指腸潰瘍になっていた。患部が悲鳴をあげはじめると、鈍痛が襲ってくる。とくに空腹時になるとそれがおこる。何ともゆううつな気分に引きずりこまれていった。鈍痛とのたたかいにほとほと疲れはてたとき、思い切って手術にふみ切った。

そのころ、胃潰瘍や十二指腸潰瘍は、「切れ、切れ」の時代だった。そうはいわれても、腹を切るのははじめての初心者にとって一大決断を要することだった。

幸い、はじめての開腹手術はうまくいった。

胸の下からへそのあたりまで、メスの跡が一本すっと入っていた。へそのあたりで、つぼをはずして右寄りに切れているのが可笑しかった。なかなか、やるものだ。

手術後はしばらく平穏無事がもどったが、ふたたび安酒と暴飲暴食でもとの木阿弥。これで胃腸がまた悲鳴をあげて、それがあちこちに飛び火して入退院をくり返すことになった。

手短かにいうと、

急性、慢性の肝炎。

おまけにC型肝炎にかかり、インターフェロン治療へ、それが半年つづいた。最初の開腹手術の輸血で、置き土産をもらっていたのだ。

七十代の後半、再び思いもかけない目にあった。京都繁華街の四条通りを歩いているとき、胸の奥に経験したことのない激痛が走り、近くの日赤病院にかつぎこまれた。夕方だったが、診断は膵臓《すいぞう》ガンの末期、私は聞かされなかったが、かけつけた家人はそれを聞き、ひそかに覚悟をしたといっていた。

それが翌日の朝になってひっくり返る。専門医の見立てで急性膵炎とあらためられ、命拾いをした。もっともそれはあとからわかったことで、その間私はあまりの激痛に、このまま死ぬのではないかとふるえていた。

二十代から七十代まで、思い返せば、いつも不愉快な鈍痛、激痛、疼痛に入れ替わり立ち替わり見舞われつづけた半生だったような気がする。

ところが、それが一昨年の暮れに倒れたときは、まるで違っていた。一瞬、気を失なうほどのショックだったけれども、それまでの、あの重苦しい痛みとの同居体験からは免れていたからだった。鈍痛や激痛からは解放され、静かな横臥《おうが》状態におかれていた。見たこともない、聞いたこともない、ほとんどはじめての経験だった。

やがて、気がついた。

半生のあいだ身についた病いの正体は、みんな消化器系の疾患で占められていたが、今回ばかりははじめて循環器系の不調に直面させられた。不整脈をひきおこす心房細動、血栓の発生、脳梗塞……。そこには胃腸、肝臓、膵臓などの不具合による重苦しい痛みなどは皆無だった。

それに反して意識が薄くなり、呼吸はどこまでも弱く、ときにからだぜんたいが澄んでいくというか、空に浮かんでいるような気分に包まれている。このまま意識と呼吸が沈静していくと、この世からあの世への敷居をいともやすやすとまたいでいくことができるかもしれない、そう感じるようになっていた。

そうだ、消化器系の病いとはまさに、人間という厄介な荷物の重さ、その重苦しさそのままの存在だったのだ。とすれば、こんどはじめて経験しているこの循環器系の病いは、それとは大違い、まさに人間存在の軽さを絵に描いたような姿で立ちあらわれている、それが実感だった。

存在の重さと存在の軽さ、とつぶやいたとき、私は何か、見たことのない移動パノラマ館の運転台に座っているような快い気分になった。山中の急な坂をのぼり、やっと峠をこえたとき、何ともさわやかな風が吹いていたのだ。長いあいだ、数えきれない重い荷物を背中と肩にのせて歩きつづけてきた。その、ずっしり重たいもの、重苦しいものが消えていた。それとともに、そろそろそれも終りだ、という安堵感のようなものが胸のうちに広がっていた。

そのときの安堵感が久しぶりに呼び覚してくれたのが、いつも口から出かかっていた、なつかしい言葉だった。

ニルヴァーナ

それは涅槃《ねはん》、と翻訳されてきた。

端的にいえば、ブッダ（仏陀）がこの世を終えるとき、潮が満ちてくるように体感していた心身の状態、といっていいだろう。

辞書的にいえば、仏や聖者の死、つまり入滅、入寂……。

むずかしくいうと、

一切の煩悩から脱し、生死輪廻の迷いの世界に再び生れる要因を滅した、無苦安穏のさとりの境地。

（大野晋、佐竹昭広、前田金五郎編『岩波古語辞典』）

いくつかの翻訳、解釈のうち、心に響くのが、こんどの私の病気体験からすると、

無苦安穏の境地

それこそ、今、自分がからだの奥で感じている自然の姿ではないか。それに近い。つまり存在の軽さ、そのものである。

まだ、世迷いごとの域にとどまっているとは思うものの、無苦安穏の境地、に近いことは、たしかに近い。

ブッダの死を記述したもっとも古い記録に『大パリニッバーナ経』（『大般《だいはつ》涅槃経』）がある。パリニッバーナは死を意味し、「般涅槃」と漢字で音写されてきた。

そこには、八十歳になったブッダが最後の旅をして死にいたるまでのことが克明に描かれている。その旅の細かないきさつは略すが、いよいよ最期を迎えたとき、ブッダの心身の状態はどうだったのか。

かれは、静かな瞑想に入っていた。意識はしだいに薄くなり、呼吸も浅くなっていただろう。こころとからだは、しだいに軽くなり、だんだん高みにむかってのぼっていった。ところがそのとき、ちょっとした異変がおこる。というのもブッダの意識が、突然、下降しはじめるからだ。瞑想の逆流……。意識が死から生へとベクトルを変えている。けれども、そこでまた反転がはじまる。ブッダはふたたび死＝入滅への最終の旅をはじめ、高みにのぼっていった。

意識と呼吸がしだいに静かに、穏やかに弱くなっていった。無苦安穏の境地に近づいていく。あたかもローソクの火がすこしずつ弱くなり、燃えつき、最後に闇の中にすっと消えていくように……。

空無のなかに漂う存在の軽さ、
生死のあいだを往還する意識の軽さ、

といってもいい。

それが『大パリニッバーナ経』の最後に描かれている、ブッダ涅槃の姿だった。

そこには、鈍痛や疼痛や激痛からはまったく自由になった、解放されたブッダがいた。

思想という重さ

いつごろからか、もうすっかり忘れてしまったが、私は何とか「本」から身軽になろうと思うようになっていた。ふり返ると、それがもう半世紀をこえるが、しかしなかなか思うようには事が運ばなかった。

人に譲ったり、売ったり、いろんな機関に引きとってもらったり、手をかえ品をかえやってきた。

それは今でもつづいている。けれども油断していると、たちまちたまりはじめる。必要に応じて、つい本屋で、目録や広告をみて手を出してしまうからだ。それで知らないうちにたまってしまう。

本とのつき合いはもともと友好関係だったのに、それがいつのまにか敵対関係になっている。嘆息しながら、本の群れと対峙するようになっている。

もっとも本から身軽になることは、いちど決意してやろうと気持ちを引き立てれば、まあ、できないことはない。だが、ちょっと反省してみればわかることだが、それらの本の群れのなかに盛られている「思想」からも身軽になろうとする段になって、はたと、壁にぶつかったような気持になる。そこは何とも越えるに越えられない難所、まったくの別物の壁のようだった。

本を手に入れたからといって、もちろんそこに盛られた思想が身につくわけではなかった。けれども思想は、いつでも本とともに自分のところにやってきた。ふところに飛びこんできた。それがいつしかわが身のあちこちに宿借りのように棲みついていた。

本なしに思想は形をなさなかったが、思想皆無の本もまた存在しなかった。だからというわけでもないが、本さえ手に入れれば、思想はおのずからくっついてくるものと錯覚するようにもなっていた。

思想は、つぎからつぎへと外から押し寄せてきた。そして頭のどこかに、からだのあちこちに、ところかまわず棲みついていた。

気がつくと、もう半世紀以上も、それらの「思想」という名のいろんな荷物を抱えて生きてきたような気がする。その重さに耐え、耐えかねて、息も絶え絶えに生きてきた。

その思想の代表的なものが、「マルクス主義」。これは若気の早のみこみで軽々と抱えこんでいたが、それがそうはいかなくなった。使い回すうち、それがままならない、そのうちこちらの体力がもたなくなって、挫折した。

つぎが「フロイト主義」とか「構造主義」など。外からくるものなら、何でも飛びついた。いかにも便利そうな新しい言葉に惹かれ、コミュニケーション・ツールなどのハイカラないい方にだまされ、気がつくとその使用法にがんじがらめになって、呼吸もままならない状態に追いこまれていた。「マルクス主義」につぐ、第二の「思想かぶれ」の現象であり、その火の粉をあびて立ち往生していた。

第三が「無神論者」ないし「無神論」という日常挨拶語による「かぶれ現象」だった。

誰でもかれでも「汝の宗教は何ぞ」と聞かれて、異口同音に反応する呪文のような「思想語」だった。その威力はこの日本列島全体のすみずみに及んでいて、その勢いは現在も衰えをみせない。

何ごとについても無神論者として行動する流儀がはやっている。それがもうこの国の人々の第二の性格のようなもの、国民性に近いものとなっている。

確信的無神論者など、もうどこを探してもいないのに、である。その無神論者たちの腹の底を割れば、そこにはたちどころに、あの「信仰嫌いの墓好き」「宗教嫌いの骨好き」と、私が以前からいっている日本人の素顔があらわれてくる。

以上が、明治以来の、この国の三大「かぶれ現象」だった。その「かぶれ」の大津波からいったいどうしたら自由になることができるのか。おのれを救出することができるのか、それが大問題だった。

もっとも、そうはいっても、ここが大切なところだと思っているのだが、これらの「かぶれ」から「身軽」になるというのは、その「かぶれ現象」を全否定することではない。ましていわんや捨て去るということでもない。そもそもそんなことができるわけがない。ここでいう「かぶれ」からの自由とか、そしてその症状からの自己救出というのは、たんなる否定とか、いま流行の「断捨離」とかいうのとは違う。そのような一種の原理主義とは、本来まったく異質の、別の生き方を意味するからだ。

以前、あれこれ辞書をみていて、びっくり仰天したことがある。

「かぶれる」は「気触れる」をあらわしている、とあったからだ。

それまで私は、「漆《うるし》にかぶれる」に由来する言葉とばかり思いこんでいたから、これには少々うろたえた。

漆にかぶれて発疹ができ、炎症がおこる。漆の毒で水疱ができ、赤く腫れ上り、かゆくなるぐらいのことを考えていたわけである。

だからこの「気触れる」には、ほんとうに戸惑ってしまった。もしかするとそれは、「物狂い」になっている状態でもあるのだろう。

「気が触れる」とは「カミに取り憑かれている」状態かもしれない、そう思いついて疑心暗鬼になっていた。

「かぶれ現象」からの脱却の旅がはじまった。

頭の中にはすでに水疱ができ、赤黒いただれがひろがっていた。「マルクス主義」につづき「構造主義」からの遁走も待っていた。そこまでいけば、なかなか去りがたかった「フロイト主義」にも別れの挨拶をしなければならない。

総仕上げが「無神論」からの撤退だった。しかし、これがじつは最大の難物だった。前にもふれたが、その執拗な持続力というかオーラのような浸透力にはほとほと悩まされていたが、これも時の経過とともにいつしか薄れていった。

わが人生における三大かぶれ、あるいは四大かぶれから、このごろになってようやく距離をとり、やや遠くから眺めることができるようになった。

そんな「かぶれ騒動」のなかで四苦八苦しているときに胸の内にきざしたのが、要するに一切の「思想」からどうしたら身軽になるか、身軽になれるか、ということだった。存在の軽さ、への道である。存在の軽さへの渇望だった。

芭蕉、西行の背中

あっと思ったとき、あの芭蕉のいう「軽《かろ》み」（あるいはかるみ）という言葉の世界がフワッと浮かんでいた。

松尾芭蕉、である。『おくのほそ道』の芭蕉翁の姿である。その出家遍歴の風景である。背中をみせて、とぼとぼと歩いていく後姿に、いかにも身軽な旅人を浮かびあがらせる、爽快な風が吹いていた。と思うと、その芭蕉の先の方を歩いている西行の背中までが、みえてくるようだ。

中世に描かれた西行法師の絵巻をみていて心を打たれるのは、とりわけ背中をみせて歩いていくかれの姿である。ひとりで山中に入っていく西行、雪のなかを難渋しながらとぼとぼ歩いていく西行、である。

正面をみせる西行の顔には、ほとんど出会うことがない。顔はむしろ隠して、隠されて、背中がみえるように描かれている。

同じころにつくられた一遍上人の絵巻をみても、一遍は高い背中をみせてゆっくり歩いている。西行の背中は丸くて穏やかであるが、一遍の背中はどんな旅の空の下でも、たじろぐことなく屹立している。

ゆっくり歩いていく西行や一遍や芭蕉の背中をみていると、かれらの前方にひろがる豊かな世界がすこしずつみえてくるような気分に誘われる。背中ににじみでる軽みの世界にいつのまにか引きつけられていく。


たまにＪＲの駅や盛り場に出ることがある。人混みのなかに入ると、いろんな顔が歩いてくる。硬い表情が歩いてくる。張りつめた顔が近づいてくる。口をへの字に結んで歩いてくる。むずかしい顔、疲れきった顔、顔、顔……。

急ぎ足で歩いてくる。人と人とのあいだをすり抜けるように、ほとんど飛ぶように歩いてくる。肩をすり寄せ、手に下げたカバンをぶつけて歩いていく。

あっというまに通りすぎていく。だから、その去り行く人間の背中を見ているいとまなどはない。すれ違ったまま急ぎ足で去っていくから、背中もあっというまに去っていく。自分の背中をみせずに、走り去っていく。

けれども、そのかれら、かの女らの背中をじっと見つめてみよう。すると、そこには背中や両肩にずっしりした荷物が、重々しくつみ重なっている幻影がみえてくるようだ。両の肩にのめりこみ、背中やそのうしろに隠れている背骨を鉄の棒で押しつけるように、いろんな荷物がつみこまれている映像が浮かびあがってくるだろう。

そんなありさまだから、ゆっくり足を運んでいる人間の姿をみつけると、ほっとする。とぼとぼ歩いてくる人間の後姿をみていると、気持が安らぐ。

そのような人びとはほとんど、あの重そうなキャリーなどを引いてはいない。東京駅や大阪駅に行くと、もちろん京都駅などでもそうだが、人間が歩いているのか、大きなキャリー・バッグがガラガラ、ゴロゴロ歩いているのか分からない。区別がつかない。人間たちの方がキャリー・バッグの陰にかくれるように、そのあとをくっついて歩いている。

だから、ゆっくり足を運んでいる人、とぼとぼ歩いている人をみると、ああ、背中が歩いている、と思う。いかにも身軽になった背中が歩いている、と思う。丸っこい背中もある。細長い背中もある。ときに、泣いているような背中に出くわすこともある。静かに笑っているようなのもある。

背中というものには、やはり生活の匂いがにじみ出ていると思わないわけにはいかない。生活の垢がつもりつもっているような背中からは寂しい音がきこえてくる。かと思うと、世の中に背き、すねているような背中もある。けれども最近は、そんな背中に出会うようなことはほとんどない。いつも口を真一文字にしめた顔だけが通りすぎていく。そういう顔、顔が、大きなキャリーを引いて、あらわれては消え、消えてはまたあらわれる。

背中などはみせなくていい、そういう時代になったのだろうか。背中はみせるものではない、という意識が普通のことになったのだろう。正面を向いた顔こそ、その人間の本質、胸元を大きくみせる正面像、それこそ価値あるものと主張しているような重たい顔、威厳のある顔、というわけである。そんな感覚が定着してしまったのだろう。

さきほど私は、ゆっくり歩いていく西行や芭蕉の背中をみていると、かれらの前方にひろがる豊かな世界がすこしずつみえてくるような気分に誘われるといった。けれども、口を真一文字にしめて足早に通りすぎていく顔、顔、顔のなかからは、過去の重い荷物を背負わされて疲れ、浮沈をくり返してきたであろう栄光の幻影があとを引きずっているようにしかみえないのである。

身軽な、自由の岸辺に、いったいどうしたらたどりつくことができるのか、それが年齢を重ねてから浮かび上ってきた私の課題だった。けれどもそれは結局、私の幻想に終るかもしれない、その周辺をさ迷い歩くだけのことになるかもしれない。そういう不安のなかにいた。

しばらくして、だんだん私の身辺から「思想」にかかわる本が、すこしずつ消えていった。姿を消していった。もうすこし時間をかければ、それらはやがてほとんど無くなってしまうかもしれない、そうも思うようになった。

ところが不思議なことにというべきか、そのような本はたしかに、徐々に無くなっていったけれども、しかしそれでは、その本に盛られていた「思想」なるものからも身軽になっていたのかと問われると、かならずしもそうはなっていない自分に気がついて愕然とするようになった。つまり、それでも残存しつづける思想的かぶれの痕跡がそこここに点々とのこりつづけていたからである。それはあいかわらず、私の脳髄のどこかに、私のからだのどこかの骨片の隅に棲みついて離れようとしなかった。

その「かぶれ」の痕跡からも遁走したり逃げだしたりすることが、はたしてこの非力な私にできるのか。迷路のような疑いのトンネルが、まだつづいていた。

まだ、坂はのぼり切ってはいない。

それは、若いころには想像もできなかったような、寂しい風景だった。

「全集」との別れ

ついに、その日が来た。

若い友人が軽トラックにのってやって来て、わが家の前にとまった。

玄関には、いつでも運びだせるように『親鸞全集』とその『真蹟全集』をつみ、その脇に『柳田国男全集』と『長谷川伸全集』を置いていた。

この三つの「全集」だけは、最後まで手元に置いていたが、それとも別れるときがきた。それは最後まで、手元に置くことにこだわった本たちだった。それがわが住まいから出ていけば、もう本らしい本はほとんど無くなる。

若い友人は、私の方をみないように、申しわけなさそうな、恐縮しきったような顔をして、急いで運び出し、挨拶もそこそこに去っていった。

かれは、長いつき合いのある、学問好きの僧侶だった。

手放そう、手放そうと思いながら、なかなか気持の整理がつかないでいた。一つ一つ手放しながら、その三つの「全集」の山を突き崩す気にはなれなかった。われながら、まことにふん切りのつかない、情けない時間が流れていた。

なぜだろう。身を切られるとはこのことか、といぶかり、疑い、惑いつづけていた。その自分の姿がいかにも哀れで、滑稽だった。

どうしてそんなことになったのか。おそるおそるわが胸の内をたずねていくと、突き当るものがあった。

義と情という二つの言葉が、ぼうと浮んできた。

親鸞と柳田国男と長谷川伸にたいする義と情である。その思いは、同時に親鸞と柳田国男と長谷川伸における義と情の問題でもあった。親鸞も柳田も、そして長谷川伸も義のなかで生きていたからだ。そのきわまるところで、三人が三人とも死んでいた。

同時に忘れてならないのは、その親鸞も柳田も、そして長谷川伸も、いつも変ることなく情のなかで暮し、情のなかでこの世を去っていたということだった。

その暮しの基本において、その人生の指針のなかで、正邪とか善悪の区別の基準は、何物でもなかった。その一点において、三人のからだに流れる血は比類なく熱く、かつ濃厚だった。

その義と情の濃厚な血のつながりの中から離れていくような寂しさが、一挙に押し寄せてくるようだった。おそらくそのために私はそれらの「全集」を手放すことに、心のなかで最後まであらがいつづけていたのである。

結末は、あっけない形でやってきた。

若い友人が、三つの「全集」とともにあっというまに立ち去ったとき、私は一瞬、虚脱状態に陥ったが、しばらくして胸の底から不思議な解放感がこみあげてきた。

その放心にも似た解放感は、それを手放すときまでは思ってもみない身軽な感覚だった。それは大切なものとの別離の感情というよりは、まったく新しい、みたこともないようなものとの再会の意識に似ていた。それはもしかすると、すでに私の手元から立ち去っていた三つの「全集」が、最後に私のためにのこしていてくれた義と情の熱い流れだったのかもしれない。それが満ちあふれてくるようだった。

おそらく、一種のカオス体験だったのだろう。混沌の渦のなかにまきこまれ、みえない力につかまれて、そこからふたたび浮上することができた。そのときにえた新鮮な感覚だったといってもいい。

親鸞が、新しい光に包まれて、眼前に立っている。

柳田国男が、誕生したばかりの学問に向かって歩きはじめたときの颯爽とした姿がみえる。

長谷川伸が、義と情の新天地を開拓しようとしていた時代が蘇る。

カオスの渦巻きを通して、それがみえてきた。混沌の逆流の向う側に、存在の軽さ、ともいうべき鮮やかな、広々とした光景が映しだされていくようだった。

これから世界はコスモス（秩序）に向かうのか、それともカオス（混沌）の渦巻きのなかに突入していくのか、難しい局面に立たされているような気分のなかで私は息をしていた。本当のことをいえば、私を含めてわれわれはそのようなカオス—コスモスの単純な二元論には還元できないような時代に生きているのではないか、そんな不安に包まれているのかもしれない。

もっとも、これまで告白してきたような私のカオス渦巻き体験で、そんな大げさなことを考えていたわけではない。せっかく、存在の軽さと存在の重さについて考えてみようとしたので、そのために気持をいちど整理したままでのことだ。ご破算で願いましては、という気分である。

とはいっても長い年月を経て死がわが身にも近づいてきた今、なぜ自分は重たいものから離れていきたいと思うようになったのか。晩年になって「軽さ」を求めはじめた先人たちは、いったいどのように生き、そして死んでいったのだろうか。そんな問いにいつのまにか取りまかれていたのである。

第一章　西行の旅姿

マイルドな家出

存在の重さから存在の軽さへ、――眼前に浮かびあがってきた主題である。ゆらゆらと立ちのぼってきた、わずかな希望のしるしである。

ここでいう存在の軽さというのは、芭蕉が名づけた「軽み」という言葉にいいかえてもいい。この存在の軽みを、もうすこし立体的なイメージに広げるとすれば、どういう姿形になるだろうか。まっさきに蘇るのが西行の旅姿、とりわけ背中の姿にその片鱗をかいまみることができるのではないか。

通俗的にいえば中世の西行から近世の芭蕉まで、といってもいいが、平安とか鎌倉とかの時代区分の壁をとりはらってしまえば、その二人のあいだを流れる一筋の道が自然にみえてくるはずだ。

けれどもこのようなことを考えるまでには、私の場合すでに半世紀以上の時間が経っていた。その半世紀はふり返ってみれば、ほとんど存在の重さのなかでもがき、さ迷い、右往左往していた時間にあたる。存在の重さの濃霧に包まれたまま、身心の中心も自由も失なったまま、ただ目の前を過ぎていった時間のようにみえる。

その今からほぼ半世紀前のことになるが、わが胸の奥のどこかでわずかに気がついていたことがないではなかった。

古代インドの賢人たちがこもごも語り合っていたことである。その白熱した議論のなかから飛びだした印象的な言葉がある。

人間はいったいどのように生き、そしてこの世を去っていったらいいのか。

それにたいして、かれらは答えていた。

四つの人生段階（ライフステージ）をへて、この世を終えよ。

と答えていた。

四つの人生段階とは、いったい何か。

学生期《がくしょうき》
家住期《かじゅうき》
林住期《りんじゅうき》
遊行期《ゆぎょうき》

だ、という。「四住期《しじゅうき》」である。

何とも目に鮮やかな、人間の暮し方の陣立てだった。最近になって、この「高齢社会」を論ずる一種のブームのなかで、この「四住期」もよくとりあげられるようになった。

このような考え方、暮し方の組み立てが、すでに紀元前後のころにはでき上っていたことが私にとって驚きだった。アイデア自体は、今から二五〇〇年も前のブッダのころにはかたまっていたらしい。そして紀元後六~七世紀ころになるとその構想が文字に書写されていたという。わが日本列島は、やっと文明のあかりがともりはじめるころだ。

そんなことを私に気づかせてくれたのが、当時、インドの気鋭の家族社会学者として活躍していたK・M・カパディア教授であり、その著作『インドの婚姻と家族』（オックスフォード大学出版局インド支部、一九五八年）だった。そのことを知ってから翻訳にとりかかり、それからほぼ十年後、未来社から出版することができたのだが、そのなかで教授がとりあげていたのが、さきの「四住期」である。

「住期」とはすなわち「ライフステージ」そのものを指し、その明快な表現が新鮮に映ったのだった。

それから、半世紀がたった。その間、一貫して私の関心を惹きつづけたのが、このユニークな骨組みの三番目にでてくる

林住期

だった。

おおまかにいって、この四住期は前半と後半にわかれる。

前半の第一学生期は親と師のいうことをきき、学問と修行にはげみ、禁欲生活を守る。ついで第二の住期である家住期は結婚し、子どもをつくり、家の経済の責任を負う。つまり、この二つのライフステージは世俗的な慣習と秩序にしたがい、世間的なつき合いのなかで暮しを立てる。

これにたいして後半の第三の林住期は、そのような第一、第二の世俗的なステージから身を

離し、それまでやりたいと思いながら実行できなかったことを、一時的に家をでてやってみる。ひとりになって自由な時間を楽しむ。旅と遍歴、気ままな遊びの時間、といっていい。それまでの世間的な生活やつき合いから、すこし離れてみる。すると別の世界、思いもしなかった社会の裏面、その面白さがみえてくる。遍歴詩人のように詩や歌をつくり、うたい、楽器を手に霊場めぐりをする。林に入って、ひとり静かに冥想にふける。過去をふり返り、これからのことを考える。第三林住期の名が登場してきたゆえんである。

しかし多くの者は、この第三林住期を楽しんだあとは、もとの村や町に帰っていく。家族のもとにもどっていく。路銀がつづかなくなるということもあるだろう。物乞いのようなことに手をだすこともあるかもしれない。日々の不自由な生活のため、足腰を痛める。疲れはてて、ふるさとへいつのまにか足が向かう。

みる人によっては、何だ、もとの木阿弥にもどっただけではないか、という人がいるかもしれない。いや、こころの洗濯をして気分をリフレッシュしたのだと考える人もいるだろう。けれども、どこか中途半端なところがないではない。自由な時間を楽しんだだけ、気ままに過しただけと思う人もいるだろう。しかし、それにも飽いた。やはり、もとの生活が恋しい、と。

要するに、一時的な家出である。俗の世界からちょっと抜けだして、異なった場所に潜入して見聞を広げる、そんな程度のことかもしれない。俗の世界から脱俗の風景にふれてみる、それをのぞき見て、もとの古巣にもどっていく。

マイルドな家出のすすめ、である。これを第三の住期にもってきたところが、なかなかの思いつきである。平凡なようで、非凡な知恵、といいたくなる。さすが古代インドにおける賢人たちの見識には脱帽する。

その上、そのような人生観が何と二〇〇〇年以上の風雪に耐えて伝承されてきたということに、あらためて敬意をあらわさないわけにはいかない。

そしてこの半世紀のあいだ、日本列島にも第三林住期の考え方に関心をもつ人々がすこしずつ増えているらしいのである。それはこれまでのべてきたように、存在の重さから存在の軽さへと、高齢社会の関心がしだいに変化していく姿をそれとなく映しだす徴候のようにも、私の目にはみえる。

そこで、最終段階の第四遊行期はどうか。遁世期《とんせいき》、ともいう。一切の欲望から離脱する現世放棄者のステージだ。この門に入るのは、林住期まで順にたどってきた選ばれた人間だけ。百人に一人、千人に一人、一万人に一人である。

ここまでくれば、もはや世俗の世界にはもどらない。家族のところや村に復帰することはない。旅から旅、の日常を生きる。

道行く人びとと出会い、かれらの魂に呼びかけ、語らい、そして看取る。救済の仕事といってもいい。

聖者の道、覚者《かくしゃ》の旅路だ。インドではさしずめ大昔のブッダ、現代のマハトマ・ガンディーぐらいか。その流れをくむ大小さまざまの苦行者たち、つまり濃淡いろいろの現世放棄者たち……。

こうして古代インドの老賢者たちが考えた四住期の人生観は、前半の世俗と後半の脱世俗の二つにわかれる。俗と聖に二分割されている。

いちおう、そのように見ることができるが、しかし第三林住期は、まったくの世俗でもない、さりとて完全な脱世俗でもないことに気づく。つまり聖の領域に全身を入れているわけではない。だから聖者の空間で呼吸しているのでもない。いわば半僧半俗（半聖）である。

半僧半俗
半聖半俗

どこか、なつかしい響きがある。この日本列島のそこここに、その響きが高く低くきこえてくる。川の流れ、丘に咲く草花、風のささやき、虫の声、みんなそんななつかしい響きの仲間ではないか。ゆっくりからだの緊張を解き、静かに呼吸する安らかな時間、こころ躍る空間だった。

「僧」でもない、さりとて「俗」でもない、自由を求めるライフステージ、といいかえてもいい。その中途半端、ともいえる境涯が、この国ではもの珍らしい生き方にみえてきた。いま結構人気がでてきたのもそのためか。

だがよく考えてみると、そんな生き方に多くの人々が関心をもつにいたったのは、きのう今日にはじまったことではなかった。

長い長い時間をへて、そうなったことが浮かんでくる。平安時代の昔からそうだった。中世から近代にいたるまで、ほとんど変ることなく、その願望がわれわれの先祖たちのこころのなかに棲みつくようになっていった。

そんな潜在的な気分、ほとんど意識にのぼらない深層の思いが、今ごろになって時代の圧力をはねのけて、顔をのぞかせるようになった。

一時的な家出

「僧」でもない、「俗」でもない暮し

遍歴と遊びの旅

こう並べてみると、誰の目にも明らかなイメージが結ぶ。それなりに自由な天地がこの国にもあったことに、ふと気づく。古代インドの老賢者たちが考えた人生モデル、――それがこの極東の小さな列島にも息づいていたことを知らされる。

そんな自然の流れのなかでみえてくるのが、

西行
親鸞
芭蕉
良寛

の四人、である。日本列島を代表する四人の、林住期を生きた人間たちだ。もちろん、この人選は私のやむにやまれぬ好みでもある。この好みは、やはり手放すには惜しい。手放すことはもうできない。

西行の林住期

だがもちろん、この四人をこうして一列に並べると違和感がともなう。常識的な歴史の見方からすれば、ほとんど荒唐無稽の妄想といわれそうだ。とくに西行と親鸞、親鸞と芭蕉、となると、どこが継ぎ目かと叱られそうだ。普遍的な結合点を、汝はどこに求めるのか、とつめ寄られるだろう。

分野別・時代区分、という横槍である。タテ割り、分析分断の異議申し立て、といっていい。歴史の流れをタテ割りヨコ割りにする手法が長いあいだ横行し、それでわれわれの自由な思考を硬直させ、老化させてしまったのだ。たとえば、こんな風に

西行は和歌・文芸の流れ
親鸞は漢学・仏教の流れ
芭蕉は連歌・俳諧の流れ
良寛は歌・書の流れ

タテ割り、タテ筋の歴史観で横断的相互乗入れの視座を奪い去る。登場人物たちの交流と衝突の場面を排除してしまう。

はては

西行と親鸞は他人同士

親鸞と芭蕉・良寛は異文化圏の他者同士

ということになるほかはなかった。

西行という存在と親鸞の運命を同時に考えようとするとき、「鎌倉」という言葉は要らない。「鎌倉時代」という時代区分はもう邪魔でさえある。

同じように、親鸞と芭蕉・良寛を並べて想像をめぐらすとき、「江戸」という言葉は障害にこそなれ、有効であるとはとても思えない。同時に「江戸時代」という時代区分は躓《つまず》きの石になる。それは究極的には、われわれの視野を狭窄する自縄自縛の尺度になってしまう。

「時代」の枠組みから自由になるためには、ただ目を上げて、蝶の舞い狂う花のかなたをゆっくり眺めるだけでいい。以下、西行。

吉野の桜をみたときの歌、

あくがるる心はさても山桜
　散りなむのちや身にかへるべき
(桜の花を仰ぎみていると、自分のこころが浮かれでて、ふたたびからだにもどってこない
不安、いや恍惚感におそわれる)

また足を運んで、海辺の波浪に身をゆだねるだけでいい。明石海峡の浜に出たときの歌、

月冴ゆる明石の瀬戸に風吹けば
　こほりの上にたたむ白波

さらに旅のなかでは、虫の声、蟬の叫びが耳朶《じだ》を打つこともあるだろう。そして読経の響きも。

たとえばみちのくの旅で、

入相《いりあい》の音のみならず山寺は
　ふみ読む声もあはれなりけり

そして風の物語、雲のささやきにからだをひたす。
たとえば富士の山をみて、

風になびく富士のけぶりの空に消えて
　行方も知らぬわが思ひかな

そのようなとき、「時代」という名の砂丘の山は崩れる。
そのようなとき、「時代区分」という名の時代遅れの時計は止まるだろう、ただの古時計の残骸として……。

さて、あらためて四人の人物について語りたい。
とりわけ旅の中にあってつねに変貌をとげていった四人の人物について。

西行
親鸞
芭蕉
良寛

なぜ、この四人なのか。じつをいうと、それがまだ私にもよくわかっていない。少々おこがましいが、直観である。どうしようもない直観がからだのなかを動きだして、鎮まらない。

四人をつらねる道筋をつけなければならない。そのとっかかりを何とかつかみたい。長いあいだ、そう考えてきた。

そこで、まず西行（一一一八〜一一九〇）だ。

古代インドの賢人たちが命名した第三林住期ときいて、最初に脳裡にひらめいた、そして浮かびあがってきたのが、西行法師の名だった。以後、西行は私にとって、この日本列島において林住期を生きたファースト・ランナーになった。

これまで、西行は『新古今和歌集』の歌人という枠組みのなかに閉じこめられていた。その背後にはもちろん「時代区分」という魔物がひそみ、「中世」という怪し気な物差しがひかえていた。

だから、この新古今の代表的歌人、という狭い箱のなかからかれの存在を救出することからはじめるほかはない。存在の重さから存在の軽さへ、という視点を定めるためにも、それは欠かせない。

西行の生涯といっても、まとまった伝記のようなものがのこされているわけではない。断片的なものだけだ。そもそも西行自身、そんなものをのこそうとした気配がない。

謎の人物、である。

それだからだろうか。この人物をめぐる物語がさまざまに語られてきた。情熱的に、饒舌に

語られてきた。たとえば

『西行物語』

『西行物語絵巻』

『撰集抄』

……

いずれも十三世紀ごろにまとめられたが、これがまた西行の実像をどれほど写しだしているのか、定かではない。

いつしか伝説の階段をのぼっていった。神秘の光輪に包まれていった。このようにありたい人、このような人間になりたい憧れの存在へと変貌をとげていった。

気がつけば西行は、何者にもなろうとしない何者かになっていた。いいかえると、何者にもなってしまうような何者かになっていた。無我・無心の人のようにもみえ、不敵な野心家のような素顔もみせる。禁欲的な振舞いやたたずまいのなかにいるときもあれば、自在・放胆な態度にもでる。

その足跡を俯瞰してみよう。

俗名　佐藤義清《のりきよ》

武門の家に生まれ、鳥羽院に北面の武士として仕えた。

和歌、蹴鞠《けまり》にすぐれ、文武にわたる数奇《すき》の道をきわめた。

二十三歳（一一四〇年）で妻子を捨てて、出家。

その後、和歌とともに仏道に励み、高野山や伊勢国に住する一方、奥州、四国などを旅した。

晩年になって、自選歌集「御裳濯河歌合《みもすそがわうたあわせ》」「宮河歌合《みやがわ》」を編むが、のち生涯に詠んだ歌が『山家集《さんか》』にまとめられた。

その死後成立した『新古今集』には歌集中もっとも多い九十四首が選ばれ、歌人としての声価を高めた。

ざっとした略伝である。
ついで、つき合いのあった、名の知られた人物をあげる。
激動する政治世界に生きていた権力者では
鳥羽法皇
崇徳《すとく》上皇
藤原頼長
入道信西《しんぜい》

慈円
平清盛
源頼朝
歌の道では
藤原俊成
藤原定家
交流のあった女人では
待賢門院《たいけんもんいん》
堀川局
兵衛局《ひょうえのつぼね》
中納言局

西行は、よく旅にでていた。その旅姿を、もうすこし目を近づけてみておこう。さきの第三林住期には欠かせない、数奇の旅である。二十三歳で妻子を捨てて出家したというから、第三林住期への進入は、よほど早い。インドの老賢者なら、それはまだ林住期ではない、といいそうだ。

西行と前後して出家した心友、空仁《くうにん》法師を思いやって詠った歌、

いつかまためぐりあふべき法《のり》の輪の
　嵐の山を君しいでなば
（いつまたお目にかかることができますかね。あなたが法輪寺のある嵐山を出ていかれたあとに）

友の出家のその後を思いやっているけれども、そのまなざしはおのれの家を出た境涯に注がれている。

西行の本当の身のこなしは、出家ではなく、たんなる自由な家出だったのかもしれない。わがままをつらぬいたといえないこともない。とにかく後の伝承によると、家を出たとき妻と、男一人、女一人の子どもがいたという。

その西行の家出の跡をたどるには、あとにのこされた和歌しかない。そこにわずかに記録された詞書《ことばがき》にたよるほかない。この西行の韜晦《とうかい》癖には何かが隠されているのだろうか。よくわからないが、ただかれの和歌にたいする強烈な思いだけは伝わってくる。

西行にとって、和歌は人生そのものだった。そのことだけはまぎれもない。武芸も教養も、

かれが生きて、食べて、死んでいくためには何ほどのこともなかった。
一時的な家出だったにしろ、また真当な家出だったにしろ、その決意はすこしも揺らぐことがなかった。
美と信仰の二股道、である。少しおおげさにいって芸術と宗教の二本道といってもいい。西行は出家したとはいえ、その生涯、美と芸術の領域、ということは和歌の道のことだが、それを手放すことがなかった。その二股道に入る決意をした分岐点が二十三歳だったことになる。

鳥羽院に出家のいとま申し侍るとて詠める
惜しむとて惜しまれぬべきこの世かは
　身を捨ててこそ身をも助けめ
（いくら惜しんでも惜しみきれないこの現世、わが身を捨てることで再生への道も開けてくるだろう）

危うく弱冠二十三歳、と口にでかかる。二十三歳で林住期、というさきの嘆息にもつながる。人はよくいう。西行は若くして和歌の世界で非凡な天稟《てんぴん》を示していたという。しかし私の目にそれはさほどのことではないと映る。真に非凡なところは、むしろ弱冠二十三歳にして林住のライフステージを選びとったところにあるのではないか、いま、後期高齢者の季節に入っている私はこころからそう思う。

西行は、脚腰が頑強にできていた。筋肉も鍛えに鍛えられていたであろう。とぼとぼ歩いていても、ときにそのからだからはしなやかな勢いがあふれる。それは面構えにもにじみでていただろう。

どんな旅だったのか。物見遊山の思いがなかったわけではないだろうが、むろんそれだけではなかった。

三十歳ごろ、陸奥に旅立つ。白河の関を越え、名取川をへて平泉に。陸奥の王者、藤原秀衡《ひでひら》のもとで年を越している。

あと、羽前（山形県）の国を通り、下野《しもつけ》（栃木県）の国に廻っている。

三十二歳ごろ、高野山にのぼって修行（？）。

出家後まもないころの作品二首、

あはれ知る涙の露ぞこぼれける
　草の庵を結ぶ契りは
（草庵の生活はさびしく、涙が露のようにこぼれ落ちるのだが、その涙は「あはれ知る」涙なのだ）

浮かれいづる心は身にもかなはねば
　いかなりとてもいかにかはせむ
（わが身から抜けでて、あてもなく浮かれていく心は、何とも思い通りにならない、ああ、どうしよう）

みちのくの旅で二首、

思はずは信夫《しのぶ》の奥へ来ましやは
　越えがたかりし白河の関
（信夫〈岩代国の信夫郡・現福島県〉の奥まで旅をつづけ、白河の関〈同白河郡〉を越えるまではるばるよくぞ来ることができたものだ）

常よりも心ぼそくぞおもほゆる
　旅の空にて年の暮れぬる
（旅に出て年の暮が迫ると、いつもよりいっそう心細いことだ）

三十九歳ごろ、鳥羽院が崩御し、高野山から下って、葬送にしたがう。終夜、読経。このころ崇徳院が京都仁和寺で剃髪《ていはつ》、月明の夜、はせ参じて見舞っている。

四十三歳、美福門院の御骨を大雪のなか高野山に迎える。

五十一歳、四年前に崩じた崇徳院を葬る白峯陵に参拝するため、四国に渡る。帰途、弘法大師（空海）の生誕した善通寺を訪れ、庵を結ぶ。年を越す。


この西国への旅のときの二首。

まず、崇徳院への忘れがたい思い、

あさましやいかなる故の報いにて
　かかることしもある世なるらむ

つぎに弘法大師ゆかりの地に庵を結んで、

柴の庵《いお》のしばし都へ帰らじと
おもはむだにもあはれなるべし

五十四歳、修行の旅にでたあと、住吉神社に参詣する。

五十五歳、平清盛に招かれて、摂津の国におもむき、万灯会で歌を詠む。

五十八歳ごろ、比叡山無動寺の慈円と歌を詠みかわす。

六十三歳、居住地を高野山から伊勢の国二見の山寺に移す。福原遷都の噂を伊勢できく。

六十五歳、伊勢で神官たちと歌会を開く。

六十九歳、伊勢を発ち、陸奥の平泉に旅する。東大寺への砂金の勧進《かんじん》(寄付金募集)のため、奈良で陣頭指揮をとる重源《ちょうげん》にたのまれ、平泉の秀衡にたよる(このとき小夜の中山を越え、富士の暁煙を望んで歌をつくっている)。また途中鎌倉では源頼朝と会い、弓馬の道について話し合った。

七十三歳、河内の弘川寺で寂。その日は仏陀入滅の翌日、二月十六日にあたっていた。

桜の花に寄せて、

吉野山こずゑの花を見し日より
　心は身にも添はずなりにき

(あこがれの吉野山。その地に旅して桜を見上げたときから、もうわが魂はあくがれ出ていって、もとのわが身にもどらなくなってしまった)

旅の目的はさまざまだった。出家前から縁のあった名家・権力者がよく登場する。人々との出会いに触発され、追悼、贈答、祭事とつき合いの輪はどんどんひろがっていった。死者たちと結縁しようとのつよい思いが、それに輪をかける。

西行と女たち

出家前の武士身分のとき以来、和歌の縁でつき合っていた女人たちとの交流も絶えることがなかった。西行のことだ、ただのつき合いとも思えない。その背骨には血がたぎっていたはずだ。もっとも女人たちとはいえ、みな年上の女房たちだったが……。

まず挙げるべきは、待賢門院だろう。

康和三年（一一〇一）に藤原公実《きんざね》の末女として生まれた。璋子《しょうし》という。やがて白河法皇の養女として迎えられ、異常な寵愛をうける。のち鳥羽天皇の後宮に入り、女御《にょうご》から中宮《ちゅうぐう》へ。その間に皇子《おうじ》（のちの崇徳天皇）を産み、皇子が即位してからは国母となって待賢門院と号した。

栄華はつづかない。鳥羽上皇の後宮に藤原長実《ながざね》の娘得子《なりこ》が入り、上皇の溺愛をうけ、得子すなわち美福門院の時代がやってきたからだ。

やがて鳥羽上皇は待賢門院とのあいだの崇徳を譲位させ、美福門院とのあいだの近衛天皇を即位させる。待賢門院の失意の時代がくる。

のち仁和寺法金剛院で出家し、三年後の久安元年（一一四五）に亡くなる。ときに四十五歳。ちなみに、後白河天皇は鳥羽上皇と待賢門院の第四皇子、さきにふれた崇徳の弟君にあたる。待賢門院はこうして、保元・平治の乱の種をまく、重要な遠因の一つだった。西行は、そのような王権にしのび寄る危うい風雨の縁辺を歩きつづけている。僧衣に身を隠して歩いている。門院の死を悼み、崇徳の怨念を鎮める旅を重ねている。まさに林住の人だった。半僧半俗の歌人だった。僧体が身を隠す仮装だったのか、俗体が半僧の隠れみのだったのか。

待賢門院は西行より十七歳も年上の佳人。門院がはたして愛や恋の対象だったのか、思慕、崇敬の思い人だったのか、のこされた歌からはわからない。微妙なところだ。

二人目が堀川局。

西行は待賢門院が失意のうちに世を去ってまもなく、法華経の経文に寄せて追悼の歌を作るため、故人と縁のある人びとのあいだを説いて廻る。それが「一品経《いっぽんぎょう》」の勧進という仕事だった。

西行がその先頭に立ったのは、女院にたいする思慕と愛恋の情が厚かったからなのだろう。その勧進仲間のなかに堀川局がいた。門院に仕えた女房たちの一人だった。

歌仲間の中納言局とともに、主が亡くなったあと尼になっていた。これまた半僧半俗の尼、そういう気分だったのかもしれない。

西行が、問わず語りのうちに、その先導者になっていたようなイメージも浮かぶ。

堀川局が京都北郊の仁和寺に住んでいたころ、たまたま西行が通りかかる。けれども用事にかこつけて、寄らずにそばを通り過ぎ、和歌だけをとどける。

そのことをあとから知った局が、つれない仕打ちだとなじる歌を送ってきた。西行もすぐに歌を返す。

さし入らで雲路をよぎし月かげは
　待たぬ心ぞ空に見えける

あなたの言葉には軽い嫉妬、こころの浪立ちがほのみえるけれども、そちらだってそれほどのことではなかったのではないかと、ユーモラスにいなしている。

二人のやりとりには、もう女院の思い出は消えかかっているのがわかる。薄れている。堀川局の年恰好はよくわからないが、西行より二十歳ほど年長だったようだ。

つぎに、兵衛局だ。

堀川局の妹で、同じように尼になっている。西行がまだ若い二十代のころから、姉とともにつき合いを重ねていた。

それだけではない。死が近づいてきた老境まで、西行を人生の導き手として信頼の気持を寄せていた。もとより西行よりはるか年長の尼だった。

その兵衛局がある月夜の晩、戦乱の世を悲しんで

いくさを照らす弓張の月

と詠んだ。そのことを遠く伊勢の地できいた西行が、それにつけて送りとどけたのがつぎの一句、

　　心きる手なる氷のかげのみか

と。これは、白刃をかざして心の煩悩を断ち切るという意味だが、二人のあいだに切迫した精気のようなものが交わされているようだ。

もう一人の、中納言局。

この女性も待賢門院の出家を機に尼になっている。法華経書写の勧進に参加しているが、この中納言局の背後に、西行の別れた妻子たちの姿が見え隠れする。

中納言局は尼になってからはじめは小倉山に庵を結んでいたが、のち高野山の麓の天野の里に居を移している。

そこは高野山の別所で、聖《ひじり》たちをはじめ女性の遁世者なども住みついていた里坊だった。

西行は高野山にはたびたびのぼっているが、鴨長明の『発心集』（第六）にはそのことにふ

れた「西行女子出家事」の一章がのっている。

それによると、尼になったのは西行の妻だけではなく、娘も尼の姿になっていたようだ。はたして事実であったのかどうか、あるいは長明がきき伝えた話だったのか。

とにかくその別所に、中納言局は住みついていた。

あるとき、中納言局から西行に連絡があった。もう一人の仲間の女房とともに、霊場の粉河《こかわ》寺に詣りたい、ついてはその道案内をしてほしい、と。

西行は気軽に高野山を降り、二人の老尼をつれて粉河寺から和歌の浦まで案内をつとめることになった。そのときの西行は、もちろん名所旧蹟のたんなるガイドだったわけではないだろう。老境に入った女房たちのためにこころの道しるべの役をはたそうとしたのである。

旅は、旅人の目に時の移ろいをありのままにみせる。人々の生活の浮沈を自然の形でつきつける。

旅行く者が、訪れる土地にとどまることはない。一時的にとどまることはあっても、ふたたびそこを離れていく。寂しい嘆きの思いをのこして立ち去っていくほかはない。

諦念のような言葉、憤気のような叫び、ほんの断片のような歌をのこして、歩いていく。旅の汗に慣れ親しむようになったからだのリズムにのって、歩いていく。

そのからだのリズムが呼吸のリズムをととのえ、歌の調べをつむぎだす……。

それだけでいい。西行はそう思うことがあっただろう。僧でもない、だからといって俗でもない、そういう身軽になった人間の愉悦の瞬間である。

自由な人間の和歌への耽溺……。

ローソクの、しだいに消えていく炎のようにはかないところ

闇夜の灯火のようにキラキラ輝いているところ

歌二首、

月のゆく山に心を送りいれて
　闇なるあとの身をいかにせむ

世の中を捨てて捨てえぬ心地して
　都離れぬ我身なりけり

世の中は、いぜんとして戦乱のくり返し、混濁の渦巻きのなかにあった。そんななかにあって、衰えを知らぬ西行の俊敏な身のこなし、身軽な行動が、どこにいても目をひく。

伊勢へ、奥州へと歩いていく。
背中をみせて、歩いていく。
ゆっくり、歩いていく……。

重い自分から軽い存在へ

そろそろ、西行との別れのときが近づいた。かれが歩いていた道が、どんな旅のなかに通じていたのか、そのエッセンスを探りだすときがきた。

西行は、若くして林住の暮しを選びとって歩きだした、とさきにいった。林住者とはたんなる遁世者の道ではない、さりとて世俗の人の仮りの姿でも生活でもなかった。

形の上では出家の姿をしているけれども、さりとてまれな聖者の、細い道を分け入っていく人でもない。

俗にあらずとはいっても、僧でもない。そんな矛盾するような思いが、かれの胸のうちにはわきあがっていただろう。

半身だけ出家、あとの半身は俗人のままでいい、そんな気分がのこっている。さきに並べてみたかれの年譜を眺めていて、そんなこころの光景がみえる。

迷っているようにもみえる。

迷いつづける自分を楽しんでいるようにもみえる。

和歌への無類のあこがれを、生来の愛着を、瞬時も手放してはいない。和歌のリズムへのやみがたい執心、それは終生変ることがなかった。

だからこそ、というべきか、出家の身分もかれにとっては魅力のつきない切符、世間をわたるための仮りのパスポートだった。僧の日常に埋没すれば、たちまち自由を失なう。

女人たちとのつき合いにも、世間のなかで世事に献身し奔走するためにも、この仮りのパスポートは欠かせない。伊勢に行って神宮の神職たちとつき合って歌作りをするにも、足をのばして奥羽に旅して寄付金募集の仕事にたずさわるのにも……。

あとの半身は、だから僧衣に身を包んだ俗人ではないか、俗臭を放つ坊主、と皮肉る人間がいたかもしれない。身すぎ世すぎの僧形、そのようにそしる者もいたことだろう。

西行におけるこのような半僧半俗には、こわれかかった吊橋のような危うさがつきまとっていた。すこしでも脇道にふみだせば深い谷底に墜落しかねない。薄暗い藪の中をさ迷うことにもなりかねない。

寄付金募集や「一品経」勧進などの重い荷物を肩にしたまま道をはずしかねない、そんな心労の多い時代の記憶がいつでも蘇る。

けれどもこの危うい道は、同時に起伏に富む美と信仰の野を行く、心ときめく道、風雅を探る身軽な道にも通じていた。

一刀両断に切り離すことはできない二股道だった。半僧と半俗が表裏の形でつながる、二本道だった。

重い自分から軽い存在へ……。

ふと、思う。

この国で、もっとも早い時期に、自由ということの意味を悟っていた人間がもしもいたとしたら、それは西行その人だったのではないか、と。政治の世界におけるどんな豪の者も、芸術の分野におけるいかなる権威も、手にすることのできなかった自由の時間を楽しんだ人間、それが西行……。

何しろ源平合戦、という天下分け目の戦乱の時代である。その危うい戦乱の縁辺を、火の粉を浴びながら歩きつづけた油断のならない人間だった。

都では清盛が目をとめてかれを招こうとしていた。鎌倉では頼朝が旅行く西行を引きとめて一夜の語らいに誘う。

いろいろの声をききながら、さまざまな誘いの言葉を耳にしながら、しかしこの男は、待賢門院の死を嘆き、崇徳上皇の流刑死を悼み、乱世に散っていく人間たちの運命に心を寄せて、歩きつづけていく。

山に入り、山を降り、川を渡り、谷を越え、野を歩いて、祈りつづける。人間の死をみつめる祈る人、悼む人だった。

その一筋の旅路はおそらく、あの万葉歌人たちの挽歌の道に通じていた。

『万葉集』は形の上で眺めれば、相聞（愛）の歌と挽歌の二本立てでできている。けれども歌全体の芯に分け入れば、ただ一筋の軸に支えられていることがみえてくる。

死者を悼む挽歌の軸、その深沈とした流れである。

なぜなら相聞の歌は、人間の究極の相においては愛する者の死の場面にこそきわまるからだ。死のリアリティ抜きに愛のロマンを語ることはできない。たとえ語ることができたとしても、それは虚しい。

愛は永遠ではない。愛は無常においてその実相を浮かびあがらせる。愛無常の挽歌において、万葉の相聞歌ははじめてしずかな調べにのり、安定したリズムを手にするだろう。

『万葉』にかぎらないことだった。

『古今』や『新古今』の歌も、
『源氏物語』や『平家物語』の語りも、
変わりがなかった。
「能」や「浄瑠璃」の語りにおいても、
つらぬかれていた。

愛無常――その一点を離れて、この国の歌の命運は定まらなかっただろう。歌は、ただ死を悼み、その悲傷をうたう魂鎮《たま》めの調べのなかで咲き乱れ、成熟してきたからだ。
西行は、その万葉以来の歌の芯をつかみ、そのリズムの心音をききつづける、死を悼む詩人だった。死者たちの静安を祈る、鎮魂の詩人だった。
すこし立ちどまろう。この半僧半俗の人は、苦難の旅のなかでこんな歌をつくっていた。

願はくは花の下にて春死なん
　その如月の望月のころ

桜の咲くころ、満月の下で、この世を去りたいものだ、という。

辞世の歌ともいわれるが、胸の内ではいつもわきでている日常の思いだったのだろう。

ここでも、美と信仰の二股道である。おおげさにいえば、芸術と宗教の二本道を行く、死を悼む人だったことになる。人の死を悼むだけではない、自己の死を悼む人間のようにも映る。

半僧半俗の、危うい縁辺、である。そのままあの世に堕ちるか、壁を越えずにこの世にのこるか。

「往生」から半歩離れ、「成仏」や「涅槃」からも半身しりぞいて、美しい露のしずくを掌に受けとる、その法悦の瞬間を手にする、そんな幻想のなかに生きていたのかもしれない……。

文武にまつわる知の重荷から自由になろうとしている西行が、そこにいる。
知が融解する渦のなかから、歌をつむぎだす半僧半俗の遁世者がいる。
知の妖怪をねじ伏せて、身軽になっていく西行。
存在の重さから存在の軽さへ、とぼとぼ歩きはじめている西行がいる。
悼む西行、旅する西行、
西へ行く西行……。

少々横道にそれるが、参考になるかならぬか、しばらく前、「おくりびと」という言葉が流行語になって、世間で使われるようになった。

青木新門さんの『納棺夫日記』が発端だった。

「納棺夫」とは、死者のからだをきれいに拭って、お棺に納める人のことだ。青木さんは長いあいだ、その仕事にたずさわった。その『日記』を読んで青木さんと交流をもった俳優の本木雅弘さんが主演した映画「おくりびと」が、国内でヒットしただけでなく、アメリカでアカデミー賞の外国語映画賞をとってしまったのである。

そのとき私は、心のなかで青木さんは現代の半僧半俗の人かもしれないと思った。

同じころ小説家の天童荒太さんの『悼む人』が直木賞をとり、ベストセラーになった。主人公の純朴な青年があるとき思い立ち、事故などで死んだ見知らぬ人のために現場まで足を運んで、きわめて個人的な追悼の儀式をひとりで行う。

新聞の死亡記事などを読んで全国各地を訪ね歩く物語だ。それを読んだとき、私はその青年の背後に西行の姿の影を探し求めていたような気がする。

ああ、時はまさに死に仕度の時代、との思いがのど元を突き上げるように迫ってきた。

死に仕度とは、平穏のうちに自分自身を〝始末〟すること、つまり他人をみとるように、いかにして自分自身をみとるか、ということではないか。

そんな覚悟がおまえにあるのか、という声がきこえてこないではないが、さりとて耳を覆って遁走するわけにもいかない。

「おくりびと」といい、「悼む人」といい、われわれのこの社会のためにもっとも根源的な仕事を提供しはじめている人のようにもみえる。

かつての阿弥陀聖や高野聖のように、また西行や親鸞のように、かれらもまた重荷をかかえながら軽みを求めてさ迷う、現代の「ひじり人」なのかもしれない。

第二章　親鸞の変容

親鸞と法然

そろそろ、西行から出るときがきた。

西行から出るとはいったけれども、もちろん、しばらくのあいだは、一時的にそこを去るというだけのことだ。いずれまた、そこに戻る。

祈る人は、何も西行にかぎらないだろう。ひとりふたりにかぎらない。異郷から異土へ、とどまることなくさすらう人は、どこにでもいる。

河を渡り、沢をつたい、峠をこえ、はてしもなく歩いていく。

悼む人は都での祭りや儀式に飽き、歌壇の権威や巷の喧騒から身を離し、自由な空間を求めて旅に出る。

仲間との軋轢やわずらわしさ、妬みや怨みの淵から脱けでて、遊びの庭にさ迷い歩く。

もののけや祟りの気配をのがれ、カミにとり憑かれて、道なき道を分けて行く。美と信仰の二股道、芸術と宗教の二つの領野、そこにまたがるグレーゾーンの湿地帯、いや魅惑の二本道を行く。

インドの老賢者風にいえば、それこそまさに「林住期」の聖俗にわたる二本道、いつのまにかこの国にも浸透するようになった、ひじりに生きる遁世者の二本道、だった。

一方の、上手の峠の道を、西行が歩いている。すでに「新古今」の世界から抜けでて、行雲流水の旅の風に吹かれている。

もう一方の、下手の山の麓、その細い道を、親鸞（一一七三～一二六二）が歩いている。こちらの方は「比叡山」のきらきらした殿堂を遠くあとにして、とぼとぼ歩いている。

西行がたどっている道は、いぜんとして僧でもない、俗でもない、つまり

半僧半俗

の道である。むろん西行自身がそのように命名していたわけではない。私が仮りにそういってみただけだ。逆に、僧でもあり、俗でもある、といってもいい。

けれども親鸞は、これから歩いていこうとする自分の運命を

非僧非俗

というようになる。もうたんなる僧ではないぞ、かといって単純な俗人などでもないさ、と腹

をきめる。

非僧非俗だと、かれ自身の言葉ではっきりいったのだ。いっただけでなく、そう書きつけた。非と半の違いである。それをつよく意識していた。

当時の都にすむ人々がもしもこの親鸞のいい分を直接きいたとしたら、おそらくびっくりしただろう。いったいどんな生き方を指すのか、と。そんなことをいう人間は、そのころどこにもいなかった。

この言葉が誰を指していっているのか、どういう人間のどのような生き方、ふるまいをいっているのか、誰もまったく見当をつけることができなかったのではないだろうか。

非僧非俗

とは不思議ないい方である。奇怪な言葉である。何しろ

僧ではない

俗でもない

といっているのだから、何ともつかみようのない言葉というほかはない。

半僧半俗、というういい方なら、たとえ西行自身がそのようにいうことがなかったとしても、そしてまた当時の誰もが言葉にしなかったとしても、いわんとすることは何となく伝わる。

半分は僧で、あとの半分は俗人、という人間なら、当時の日常の風景のなかでいくらでもみつけることができたであろう。

けれどもこれが非僧非俗ということになると、そうはいかない。自分のことをそのようにいいだした親鸞自身にその真意をきくほかはないだろう。けれどもいったいどのようにして、それをききだしたらいいのか。

そこが問題である。

その難問をこれから解いていかなければならない。

西行から親鸞への細い道を明らかにするためにも……。

西行から親鸞への道が、やはり一筋の、途切れることのない道であったことを明らかにするためにも、それは欠かせない。

半僧半俗から非僧非俗への道、である。

西行が七十三歳でこの世を去ったとき、親鸞はすでに十八歳になっていた。比叡山にのぼっていて、下界の動きに油断のない眼差しをむけていた。

ひそかにあとを追おうと親鸞が心にきめていた法然（一一三三〜一二一二）が、すでに念仏の火を掲げて、生き生きした活動をはじめていた。このとき法然は五十八歳になっていた。

源平合戦の、まさに血しぶきをあげる縁辺を生きていた西行と法然が、そんな時代をはさむ両端に立っていた。

西行は　西に赴く人
法然は　西へと誘う人
このとき
西行　七十三歳
法然　五十八歳
親鸞　十八歳

さて、このころの親鸞の〝居場所〟をいったいどこに定めたらいいのか。

親鸞は、年齢の上で西行より後れること五十五年、法然の後塵を拝すること四十年、大小の夾雑物をとり去ってこの同時代の大平原を見渡せば、親鸞の眼前には逸すべからざる二人の先行者がすでにいたことに、いやでも気づく。

これら三人は、ほぼ同時代の同心円のなかで呼吸し、生きていた。同じ戦火の騒がしい空気を胸いっぱいに吸いこんで、生きていた。

三つの期

親鸞の人生を一挙につかむために、まず、私の頭に棲みつくようになった、親鸞「年表」の見取図をつくることからはじめてみよう。

一一七三年　一歳　京都で出生
一一八一年　九歳　出家得度
一二〇一年　二十九歳　比叡山を下り、法然の門に入る
一二〇七年　三十五歳　法難にあい、越後に流される
一二一一年　三十九歳　恵信尼《えしんに》とのあいだに息子の信蓮房が生まれる
一二一四年　四十二歳　常陸国（茨城県）に赴く
一二二四年　五十二歳　娘の覚信尼が生まれる
一二三五年　六十三歳　京都に帰る
一二四八年　七十六歳　『浄土和讃』『高僧和讃』を草する
一二五七年　八十五歳　『正像末和讃』を草する
一二五八年　八十六歳　「自然法爾《じねんほうに》」を示す
一二六二年　九十歳　善法院（京都三条富小路）で死去。東山鳥辺野で荼毘に付される

このように親鸞の生涯を素描すれば、前期、盛期、晩期に分かれるだろうと私は考える。右の略「年表」によって刺激された想像が、私にそう告げる。そう指示してやまない。

前期はもちろん、比叡山時代が中心である。研学と修行の時代であるが、「論文」（主著の『教行信証』）の制作に明け暮れていただろう。その憑かれたような関心は、比叡山からの下山、それにつづく流罪、その後の関東への移住の時期までとだえることがなかったにちがいない。エネルギーにあふれているけれども、重い荷物をずっしり背負った、つらい時代である。しかしもちろんそれは、青春から壮年にいたる、自負と野心にあふれる時代でもあった。重さを重さと感じていなかったかもしれない。のちに『教行信証』と称されるかれの文章は、当時の権威ある学僧や高僧たちにつきつけた、いってみれば「博士論文」だった。

これはあとからも触れるが、当時の学僧たち高僧たちの中には、ひときわ高く重要な人物、すなわち唯一の師匠と仰いでいた法然もいた。

親鸞がその若き日に思い立って書こうとしたこの「博士論文」の宛て先は、やがて師となる法然に向けられ、その一点にしぼられていったと私は考えている。けれども当時の山の権威たちは誰も、それを正統な「博士論文」とはみなさなかった。悲運の論文、というほかはなかった。

盛期は、旅の移動のなかにある。流罪と移住の時期だった。そのぶん、行く手の定まらない、自由の気分だったかもしれない。妻を得、子どももつくっている。そのころには破戒、無戒の言葉が毎日のように、念頭に去来していただろう。さきの略「年表」によれば、ほぼ四十代から六十代にかけての時代である。妻帯の負い目、家族、つまり血縁との共同生活、そこから発する暮しの垢が背中にべっとりはりついていただろう。

師の法然はすでに遠くに去り、やがて京の都で死を迎える。

家族をともなう親鸞の旅がはじまっている。

その親鸞を、法然の門弟たちはもはや一顧だにしない。親鸞も、その昔の仲間たちをもちろん顧みることはしない。そのゆとりもなかっただろう。

法然は当時、まれにみる持戒僧だった。妻帯などはじめから考えていない。別のところに隠しおくということもない。伝統的な戒律をしずかに守っている。穏やかな性格だったのかもしれない。その上、知恵第一ともいわれる学問好きの僧侶だった。貴族や武家をはじめ庶民や女人たちまで、かれに慕いよる人びとの流れはとまらなかったのだ。

そんな師の法然にくらべて、女子どもをともなう旅をつづけている親鸞は、地球の裏側を逆の方向に歩いているような気分だっただろう。

それは覚悟の上の、破戒、無戒の孤独な旅だったからだ。その困難な峠を越えることができるかどうか、自らに問う試練の旅だった。

そんな旅のなか、移動の長い時間の経過のなかで、例の「博士論文」への情熱が、しだいに薄れていく。それへの集中が、だんだん冷えていく。冷えないまでも、しだいに重たい荷物に感じられるようになっていったのではないだろうか。

一つは、師の法然のいう念仏にかかわって両肩にずしりと重くのしかかる荷物、もう一つは「博士論文」という、それ自体の堅苦しい、あまりに専門的で個別的な荷物……。

その二つの重い荷物から、どのようにしたら身軽になることができるのか、新しい自問自答がはじまっていた、と私は想像する。

目標は一つ、持戒僧の師、法然が教えているように、万民救済のシンボル「念仏」の道を自分なりの方法でみつけること、その一点である。

その道をみつけ、その道をたどるためには、右の二つの荷物はあまりにも重すぎる。

身軽になれ
身軽になれ
宙に抛《ほう》れ
宙に抛れ

の声が、日がな一日中、天からきこえるようになっている。そうなっていたにちがいない。

師の法然が知恵第一の持戒僧であるなら、おのれは何者なのか。まずは、そのような知の権威、つまりは知の既得権にたいして、新たな知の問い直し、当時の権威、既得権をつき崩す新規の問いを突き立てなければならぬ。そう考えるようになっていたと思えてならない。「和讃」の道だった。それがもう前方にみえてきている。「歌謡」といってもいい。とにかく「歌」の世界に抜け出たい。そんな気分につき動かされている。そこに出れば、田野の民が待っている。

論文から歌への脱出孔が、そこに冂を開けているではないか。その細いトンネルの向う側にはもう、叫び声をあげて歌い踊る人びとの輪が、その喧騒の輪が、途方もなく広がっていることを感ずるようになっていた。

南無阿弥陀仏《なむあみだぶつ》をとなふれば
この世の利益《りやく》きはもなし
流転輪廻のつみきえて
定業中夭《じようごうちゆうよう》のぞこりぬ
（『現世利益和讃』）

（南無阿弥陀仏と念仏を唱えると、あらゆるこの世の利益に恵まれて、輪廻転生の罪も消え

て寿命や早死の怖れをまぬかれる）

生死《しょうじ》の苦海ほとりなし
ひさしくしづめるわれらをば
弥陀弘誓《ぐせい》のふねのみぞ
のせてかならずわたしける
（『高僧和讃』）

（この世は生き死にの苦しみの海、そこに沈んでいるわれらを、阿弥陀如来の船はかならずのせて、浄土にとどけて下さる）

親鸞の関心が新たに「和讃」の道につながっていることに気づく。「和讃」歌謡の発見だった。「論文」から「歌」への転換、である。「教行証」から「和讃」への身軽な跳躍、新たな展開である。まさしくそれまでの研学と修行という存在の重さにあえぐ荷物からの、自立解放の道だった。

七五調の和讃のリズムが天啓のようにひびくようになった。あの何とも重苦しい「博士論文」の堅い一行一行の行間に冷《すず》やかな風を通し、その漢語で組み立てられた屋台骨をゆさぶり、そこから「念仏」の声と生活を救い出す。念仏信仰の歴史を明らかにし、その本質を、これだ、と示すことに目標をすえる。

ふたたび、くり返し記せば、

七十六歳のときの『浄土和讃』と『高僧和讃』
八十五歳のときの『正像末和讃』
それらと前後して「愚禿《ぐとく》悲歎述懐和讃」

「浄土」とは何か、「高僧」という存在とは何者か、について問いを立て、それに答える自問自答の歌謡の形式による和讃だった。そしてまた、過去（黄金時代＝正）、現在（シルバー時代＝像）、未来（末法時代＝末）と念仏の道は、どうかかわっているのか。

この人間と空間・時間をめぐってわき上る「和讃」という「うた」の調べには、もちろんしだいに深まりゆく親鸞の自己省察の痛烈な思いが底流していた。

それを告白しないわけにはいかない。言葉にしなければならない。うたの形で、和讃のリズムで……。

それが「愚禿悲歎述懐和讃」になって実る。

愚禿とは愚者・悪人のことだ。禿頭とは罪人にもみまがう俗体を指す。「愚者の歎き」である。この愚者や悪人は、僧でもなければ、俗人でもない。世間から外され追放されたアウトローだ。人に非ざる人である。それが非僧非俗の「非」に重なる。

親鸞の七十〜八十代は、「うた」と「和讃」に憑かれる長期にわたる成熟の時代だっただろう。日々の暮しが、「うた」と「和讃」に明け暮れる民衆と地つづきだったからである。

その成熟、老熟のはてに、木の実が静かに落ちるように、親鸞の晩期が訪れる。

それは、ほとんど死の直前だった。

「念仏」と「和讃」の日常に包まれて、念仏と和讃の重なり合うリズムの流れにのって、その最後の瞬間がやってきた。徐々に、そしてあっというまに……。

それが、法語「自然法爾」の世界だった。

なんじ、すでに、そのままの姿でほとけなり。往生なり、浄土往生なり。

と、その「法語」は説く。

この場合「法語」とは、言葉すくなに発せられた「ありのまま」をめぐる法《のり》の「語り」である。

こんどは「和讃」のうたからの脱出、いや蟬脱《せんだつ》だった。うたは、すでに蟬の抜け殻。その脱出を最後にあとひと押ししたのが、おそらく愚禿親鸞の深い「歎き」だった。

愚禿の悲歎を回路にした和讃から法語、うたから語りへの最終の旅だった。そう、私は思う。その最終の「自然《じねん》」の語り、「ありのまま」の語りがはたして泥水さかまくカオスのなかの蓮の花なのか、それとも芳醇・恍惚そのままの花園なのか、もはや愚禿の老親鸞の問うところではなかっただろう。

某《それがし》閉眼せば、賀茂河にいれて魚に与ふべし。

（『改邪鈔』）

「禿」の意味

以上が、私の内部にうずくまる親鸞「年表」の見取図である。親鸞の一生の前期、盛期、晩期を写しだすゆるやかな曲線である。その長い長い時間の経過のなかで、親鸞は、その自己の行くべき居場所を指して、

非僧非俗

といったのである。
半僧半俗、ではない、
非僧非俗
となぜ名乗ったのか。その名乗りのときは、いったいいつごろやってきたのか。論文の山に埋もれているときか、歌声の挙がるときだったのか、それとも視線を落とした静かな語りのはじまるときだったのか。

それははっきりとはわからない。

はてしない議論の錯綜した迷路を捨てたときだったのか。それとも詩の言葉の海に身をゆだねたときだったのか。あるいは、議論も詩も捨てはてたときだったかもしれない。それらのことについても、今ではもう確認する手立てはない……。

それにしても、否定の語気を内にしのばせる非僧非俗が、コトバの海から立ち上るときの勢いには思わずたじろぐ。僧のコトバを拒否し、俗のコトバにノーをつきつけている。

出現した時期は意外と早い。言葉としてそれは、論文『教行信証』の末尾に付された後序、つまりあとがきのような文章のなかに出てくる。

いま世の中は、天子をはじめ庶民大衆のすみずみにまで、精神の荒廃がすすみ、混乱の渦中にまきこまれている。

法にそむき、義に違犯し、怒りをつのらせ、怨みの連鎖のなかでのたうちまわっている。そのため師の法然上人とわれら弟子たちは死罪や流罪に追いやられ、僧侶の身分を剥奪されて、俗の世界に追放されてしまった。

自分は、そのうちの一人である。

であれば、すでに

僧にあらず（非僧）

俗にあらず（非俗）

の境涯にある。このため自分の姓を「禿《とく》」とするのだ。

禿とは、頭を剃りあげるのではない、髪を長く伸ばすのでもない。罪人のように坊主頭にすることだ。その愚かな男、それがオレのことだ。愚禿親鸞以外の何者でもない。

親鸞の心を抑圧しつづけていたであろう憤気が、薄い膜をつき破っていまにも立ち昇ってくる気配である。いちど口に出し、そのコトバをわしづかみにしたとき、その憤気、怒気の勢いはもうとどまることを知らぬかのようだ。

長い期間、内にこもりつづけていたコトバだったにちがいない。

外部に放出するか、それともにぎりつぶすか、迷いつづけたコトバだったのかもしれない。そのコトバが放出された時点を定めるのは、やはりむずかしい。たとえそれを特定できたとしても、コトバ自体の熟成、転変のうねりを考えれば、さらにむずかしい。そのような時間幅のうねりは、さきの「年表」見取図からすれば、「盛期」の全体にわたっていただろうと推測するほかはない。

が、その「盛期」の全体を覆う親鸞の憤気と怒気は、最晩期の「自然法爾」に転入していく過程でしだいに薄れていき、おそらく一気に終息に向かっていっただろう。

それは「非僧非俗」の生き方の強度が、急速に衰え、いってみれば「ありのまま」の静けさに向かう転換点だった。それまでの重圧からの解放、身軽な浮揚感への脱出、わが身と他者の垣根をこえる世間への歩み寄りだった。

だが、ここでよく考えれば、あの長くつづいた「非僧非俗」の昂揚した怒気、もしくは気分には、親鸞自身の内省、その痛切な慚愧《ざんき》の思いを刻む重い旅の想い出がぬりこめられていたようだ。

「非僧非俗」の人間に避けることのできなかった自問自答がつづいていたからだ。

「非僧非俗」との二人三脚で歩きつづけるほかなかった「悲歎述懐」の旅だったからである。

終生やむことのない「歎き」の自問自答である。その「歎き」には始めもなければ、終りもなかった。
一例をあげる。

悪性さらにやめがたし
こころは蛇蝎《じやかつ》のごとくなり
修善も雑毒なるゆゑに
虚仮《こけ》の行とぞなづけたる
（ひねくれた性格で、どこまでもとぐろを巻き
こころのなかは　蛇かさそりか
善行をつんでも　毒がからだ中にまわる
すべては　うそ　いつわり）

卑下自慢とそしられても仕方のないような、自己滅却の「歎き」節である。七五調の墜落意識、そこから「愚禿悲歎述懐和讃」が糸を引くようにつむぎだされていった。
それこそが「和讃」世界の通奏低音、阿弥陀如来を回路にする救済願望だったことは、やはり心にとどめておかなければならない。

例えば

無慚無愧《むざんむぎ》のこの身にて
まことのこころはなけれども
弥陀の回向《えこう》の御名なれば
功徳は十方にみちたまふ
(そもそも天地に恥じるこころが私にはない
そんな自分ではあるけれども、
功徳が全世界にひろがる阿弥陀如来のおかげ、
それで何とか生きている)

救いの岸辺にたどりつくための、細い白道《びゃくどう》がそこに通っていた。「和讃」の底を流れる墜落の意識と法悦の感覚に誘い入れる糸口でもあった。

機が熟していたのである。

けれどもふり返ってみれば、それがもしも半僧半俗の生き方であったら、非僧非俗ではなかったなら、親鸞はそれほど深刻に悩まなくてよかったかもしれない。中途半端な遊びがこころの余裕をもたらすはずだったから……。

西行はさらりとそこをくぐり抜けていった。もっと明るい展望のなかに身をさらしていた。親鸞の旅よりももっと軽々とした旅を楽しんでいた。親鸞はそのときはまだ、西行の身軽さに追いついてはいない……。

「和讃」は、歌ではあったけれども、まだ重たい「うた」だった。とりわけこの「悲歎述懐和讃」は……。

当時、民間では、モダンで今日風の歌謡が流行っていた。それが、それまでの「和讃」の七五調のリズムと聞き違えるほどに耳にとどくようになっていた。

いや「和讃」の方は、そのリズムと調べをすでに盗んでうたわれていたのかもしれない。あの墜落の意識も恍惚・法悦の感覚も、すでに時代の気分になっている。

それが親鸞の意識を刺激していた。その「悲歎述懐」をのせて空飛ぶ器になろうとしていた。

非僧非俗
の気分までが、上昇気流にのろうとしていた。このわずかな大海の一滴が、急激な変容をとげ輪を広げようとしている。

知者たちの集う山の上の頂きから、地上や海辺の、名もなき民衆たちのこころのふるさとへ……。

散文の世界から　詩歌の海洋へ
漢語で飾られるきゅうくつな重たい岩の城から　柔らかで軽やかな歌と踊りの巷へ
しだいに身軽になっていく親鸞も、その中にいる。
重い、重い「悲歎述懐」が変容しようとしている。

山のエリート僧たちのあいだでうたわれていた「和讃」が、しだいに里の民衆のあいだに浸透し受け入れられ、いつしか今様歌謡の流行をみるようになった移り行きが、これでわかる。「法悦」の歌謡と「懺悔」の和讃が入り混り、分けへだてることのできない歌の流れをつくっていったのだ。

時が熟していた。晩年の終末期を迎えて、親鸞の身心が、大きく変容し成熟するときが近づいていた。

身軽になっていく親鸞がおぼろげに浮かびあがってくる。

『教行信証』の「後序」に書きつけた
主上臣下　法に背き　義に違《い》し

忿《いかり》を成し　怨《うらみ》を結ぶ

「軽み」の世界へ

このような若い日の憤気、怒気は、すでに終息に向いつつある季節を迎えていた。それに代って、しだいに「自然法爾」の気配がその老いの深まる身心に満ちてくる。

非僧　非俗

と、口を真一文字に結んでいた緊張の姿から徐々に自由になっていく凡僧の面影が、今様の「うた」の旋律とともにあらわれる。

半僧　半俗、でもない
非僧　非俗、でもない
いっそのこと、
脱僧　脱俗

といっていいような姿、――それが意識の表面にひろがりはじめている。

けれども、それはもはや口にすることはない。口にしても雲の流れに消え、川の流れに沈んで、言葉の形を結ばない、結ぶ必要がない……。

そんなとき、どこからか、木の葉が散るように、ひとしずくの水の一滴のように

自然……

法爾……

短い言葉が蘇る。

脱七五調といっていい、その虚無のような、吐息のような……。

親鸞の暮しのなかで、もう知の変化がおこっている。知の体系の地殻変動がはじまっている。知の融解、といってもいい。知の重荷からの遁走、である、究極の軽みへ……。博士論文『教行信証』に積みこまれた古今の典籍、その知識の芳香がしだいに失なわれ、荷くずれをおこしはじめている。

その重荷のわずかなすきまから、もう「非僧」の声がもれている。「非俗」の隻語が拾いあつめられ、冗語にあふれる日焼けした散文の破片がつぎからつぎへと捨てられていく。舶来語への不信、不立文字《ふりゅうもんじ》への憧憬のまなざし……。

身軽になっていく、軽みの大気のなかに身を移していく。非僧の衣をまとう、非俗の袈裟を首にかける、墨染めの衣まで脱ぎ捨てて……。

非知、無知の足音が近づき、もう耳元で鳴りはじめている。

知のかぶれ、ああ、知のかぶれ、かぶれ……。
「歌謡」は知の解毒剤、
「和讃」は知のよごれを洗浄する真水、
「うた」のリズムと「自然」のいのちへ回帰する流れ。
気がつけば、夕焼けに照り輝く海辺が目の前にみえていた。そこに

無僧　僧ではない
無俗　俗でもない

うたかたのような、まぼろしの文字が浮かんでいた。その文字がうたっている。

ありのままの無僧
ありのままの無俗

非僧非俗から無僧無俗へ、非僧非俗、とみずからを名乗ったときの親鸞は全身で怒っていた。悲歎の激浪の中にわが身をあずけていた。
けれども、無僧無俗は若き日の怒りから解放されていた。怒りは去り、歎きは消えている。「非」から「無」へ、新しい無のうたが誕生しようとしていた。もう、ありのままの「ほとけ」の岸辺が、そこまで近づいていた。裸身のまま光に包まれた「ありのまま」が、そこに舞い下りているようだった。

八十八歳を迎えたときの、老親鸞の、かすかに揺れる面影である。路傍に咲くひともとの花をみていても、それが「ありのまま」の姿に見えていただろう。

それは「悲歎述懐」の揺れる水域をこえる風景だったにちがいない。

もはや、悲歎述懐ではない、むしろ「自然述懐」といってもいいような言葉の流露だった。「悲歎」「詠歎」をこえる、淡々とした「法語」のつぶやきだった。「和讃」の歌が行き着いたさきの「語り」の岸辺だった。

たどりついたところ

老親鸞がやっとたどりついた、最後の身軽な断章「自然法爾」である。

自然《じねん》といふは、自《じ》はおのづからといふ、行者のはからひにあらず、しからしむといふことばなり。然《ねん》といふは、しからしむといふことば、行者のはからひにあらず、如来のちかひにてあるがゆへに。

法爾《ほうに》といふは、この如来の御《おん》ちかひなるがゆへに、しからしむるを法爾といふ。法爾は、この御ちかひなりけるゆへに、すべて行者のはからひのなきをもて、この法のとくのゆへにしからしむといふなり。すべて、人のはじめてはからはざるなり。このゆへに他力には、義なきを義とす、としるべしとなり。

自然といふは、もとよりしからしむといふことばなり。弥陀の御ちかひの、もとより行者のはからひにあらずして、南無阿弥陀仏とたのませたまひて、むかへんとはからはせたまひたるによりて、行者のよからんとも、あしからんともおもはぬを、自然とは申すぞとききてさふらふ。

ちかひのやうは、無上仏にならしめんとちかひたまへるなり。無上仏と申すは、かたちもなくましますうちに自然とは申すなり。かたちもましまさぬゆへに自然とは申すなり。かたちましますとしめすときには、無上涅槃とは申さず。かたちもましまさぬやうをしらせんとて、はじめて弥陀仏とぞききならひてさふらふ。弥陀仏は自然のやうをしらせんれうなり。

………

………

前段では、「自然」も「法爾」も、もはや行者（人間）の「はからい」のないこと、それを超える世界であること、そして如来（阿弥陀）の「お誓い」は、おのずから実現されるであろう、といっている。「はからい」のない人間の行為は、それでも阿弥陀如来の「お誓い」のはたらきによって運ばれている。それが「他力」のはたらきなのだ。「しからしむ」というはたらきである。

歌うでもない、つぶやくのでもない、それこそ、自然な語りである。

後段では、如来のお誓いとは、われわれを「無上仏」にしてあげようというもの、この「無上仏」はかたちのない、それこそ「自然」の姿そのものであり、これこそ「無上涅槃」そのものだろう、といっている。

お前さん方も、私も、結局は「無上仏」になるんだ。姿もかたちもない、自然のままにもう「無上仏」になっている、そうではないか。阿弥陀如来は最後になると、われわれの前から姿を消す、そうではないか。無上の涅槃もそこからはじまる。そう考えた方がいいではないか。

この「語り」、すなわち老親鸞の最晩期における断章の「自然法爾」は、伝承のなかでは、『正像末和讃』の末尾に、一首の「和讃」とともに後世に語り伝えられてきた。

あたかも、この世の明暗の闇から救いだされた最後の結晶のように、歴史の有為転変のなかに救いだされ語りつづけられてきた。この世の最後の言葉のように……。

「和讃」を捨てかねている老親鸞が、まだそこにいる。

のちの伝承者たちが、この「語り」の断章をどんな思いで口ずさみ、後の世のため伝えつづけてきたのか。その切実な願いに耳を傾けるためにも、ぜひともここに掲げておきたい言葉がある。

よしあしの文字《もんじ》をもしらぬひとはみな
まことのこころなりけるを
善悪の字しり顔は
おほそらごとのかたちなり
(善悪のことをはじめ、その文字さえ知らぬ人にはまことの心が恵まれているけれども、知ったかぶりの学者たちこそは、大うそのかたまり、自分もその一人にほかならない)
是非しらず邪正もわかぬ
この身なり
小慈小悲もなけれども

名利に人師をこのむなり
（知ったかぶりの自分は、是非も邪正の区別もわからない、慈悲の心さえほとんどないのに、
人の上に立って教えたがる、ああ、なさけなや！）

「和讃」の歌の世界に没頭し、その歌を書いて、書いて、書きつづけてきて、そのはてにたどりついた場所が、やっとのこと「法語」の語りの舞台だった。そのはずだったのに、その無憎無俗の衣替えをしたはずの舞台で、ふたたびあの「悲歎述懐」が首をもたげている。悲歎に打ちのめされている老親鸞が、そこにいる。

いのちの終焉を間近にひかえて、「和讃」と「自然法爾」のあいだを行ったりきたりしている。無知、不知のひとと、知者ぶる空論家の大うそつきのあいだを右往左往し、行きつもどりつしている。

軽みの岸辺は、もうすぐ、そこだ、の声がきこえているのに……。

それこそが、まさに転変することをやめないいのちの実相、「自然法爾」への道はまだみえてこない、みえていない。「和讃」から「自然法爾」への道は、まだまだつづく……、それが親鸞の偽らざる実感だったのかもしれない。

「和讃」から「自然法爾」への超出は、容易なことではない。かえって知と不知、知と無知の

あいだを揺れている。二つの道に迷いはじめている。「自然法爾」がいつのまにか剣呑な難路にみえてくる……。それにくらべれば、「和讃」のリズムは安楽椅子に座っているようなもの、親鸞はそんな幻想を抱いて、最後の日々を送っていたような気もする。

年来の非僧非俗は、いまだ実現されていない。

半僧半俗へと揺りもどされている。

西行が歩いていたはずの道に引きもどされている。

存在の重さから存在の軽さへの道行きは、いぜんとして平坦な道のりではない……。

最後の揺りもどし

考えてみれば、そのような非僧非俗の岸辺にたどりつくまで、親鸞は師の法然にたいして、場合によっては師を裏切るような所業に及んでいた。逆流に棹さして生きてきた。師の言葉にそむいたという思いに沈み、右に左に揺れてきたはずだ。あれかこれかと、暗いトンネルを手探りするような気持でそのなかを歩いてきた。

法然への絶対の信頼と随順

法然にたいする止みがたい抗がいの自己主張

二つの谷間のあいだを行きつもどりつし、自問自答をつづけながら生きてきた。自問自答は異議申し立てのための不断の挑戦にほかならなかった。問いの知を立ちあげ、既得権に輝く知に挑む。その正面に法然が立っていた。

第一に、師の法然は、ゆるぎのない持戒僧として、そこに立っていた。

第二に、師の法然は諸学、諸流派の体系に精通する知の頂点に立っていた。「知恵第一の法然房」の名をほしいままにしていた。

第三に、「念仏」による万人救済思想を説き、その鮮やかな論理は、他に比べる者がいなかった。

話が、あまりにも出来すぎている。若き日の親鸞は、ひそかにそう思うことがなかっただろうか。そんなことが、現実におこりうるのか、そんな疑問がむらがりおこっていたのではないか。それが逆流につながる。それで葛藤にかり立てられる。

けれども、弟子の親鸞にたいする法然の愛情は深かった。問いを立てる弟子の鋭さ、そのあまりにも率直な態度に師は心を動かされていた。弟子がやっとの思いで自然法爾の岸辺にたどりつこうとしていたときにも、その心の底にうずくまっていた忘れがたい師のイメージがまた、蘇ってくる……。

親鸞は三十三歳になったとき、師の主著『選択《せんちゃく》本願念仏集』（われは「本願念仏」を選ぶ！）を授けられるとともに、師法然の肖像を描くことを許された。同じ年、師から「善信」の名を与えられた。その二年後、念仏弾圧の法難に遭遇し、師は土佐に、連座した親鸞は越後に流された。

師にたいする信頼と随順の度は、ますます深まっていった。『歎異抄』にいう、

たとひ法然上人にすかされまゐらせて、念仏して地獄に堕ちたりとも、さらに後悔すべからず候ふ。

（法然上人にだまされて、たとえ念仏して地獄に堕ちたとしても、いっさい後悔することはありません）

これはさきにもいったことであるが、断言命題のように上から下に読みくだすように書きつけられたのではない。行きつもどりつしながら、自問自答のうちに語り出された言葉だったにちがいない。

親鸞の『歎異抄』は弟子の唯円による「聞書」であったことに注意しなければならないのだ。

汝　殺すなかれ
汝　盗むなかれ
汝　嘘をつくなかれ

のような、天啓のような言葉、断言調の命令ではなかったことにとくに用心することが必要だ。

一方で、親鸞による異議申し立ての人生が、もうはじまっていた。師にたいする信頼と随順を裏切るような思いが噴きでようとしていたからだった。それこそ、たとえ地獄に堕ちたりとも、と思っていたかもしれない。

第一に、自分はすでに破戒、無戒の道に踏みだしている。持戒僧にあるまじき妻帯の道、家族をもつ邪道である。師にたいする裏切りの第一歩……。

第二に、師のいう「念仏の選択」(選択本願念仏)は、はたしてそのままの形で承認されるのか。たとえば、人殺しをおかした人間もそのままの姿で、つまり無条件で念仏によって救われると考えるのか。しかし師は、その重要な問題について何も答えていない。『選択本願念仏集』における、見のがしえない欠陥ではないか。

第三に、人殺しの罪をおかした人間（悪人）が救われるためには、念仏のほかに、念仏とともに、二つの条件がどうしても必要ではないのか。善き師につくこと、そして深く懺悔すること……、そのことに師は、何もふれていないではないか。

弟子の親鸞は、そのように師にむかって問いかけてきた。二人のあいだに、心理的な葛藤の飛沫があがっていたはずだ。

師にたいする信頼と随順が不気味なきしみを立てようとしている。大きくゆらぎはじめている。悪人の往生について二人のあいだに修復しがたい亀裂が入っていた。

親鸞の『教行信証』は、右の三つの異議申し立てを体系的にまとめようとした、重い重い作品だった。むろん親鸞がはじめからそのような意図をもっていたとは考えられない。けれども着想をえて書きはじめ、しだいにその問題の深さに気づくようになった。自問自答がはじまり、師の見解にたいする疑問がどんどんふくらんでいった。

『選択本願念仏集』への異議申し立てである。現実の生活における持戒と破戒の問題である。思想の上では、悪人（人殺し）は念仏のみで無条件で救われるのかどうか、という問題である。

その困難な課題をめぐって、親鸞はいつしか師と対決する原野に立たされていたことに気づく。

当時の人々の目に、「念仏」だけで救われる、とはじめて説いた法然の存在は新鮮だった。

親鸞はその法然の存在に惹きつけられて、山にのぼった。法然を師に選んだのもそのためだった。運命の皮肉としかいいようがない。その異端者・法然の前に、もう一人の弟子の異端者として若き親鸞は立とうとしていたのだった。

だが、そのような自分の問題意識をどのような形で作品にまとめるのか。師の『選択本願念仏集』という著作にたいして、どのようなタイトルをつけることができるのか。

師の立場をあからさまな形で否定するようなタイトルはさすがにつけることができない。師の主著は「自分は最終的に念仏を選ぶ」とはっきり宣言している。

その師の確信的な言葉を正面から批判するようなタイトルをつけることは、どうしてもできない。

腕組みをし、逡巡する親鸞が、そこにいる。その痛烈な思いは、拭いがたくあとをひく。師の『選択本願念仏集』を読みすすめていけば直ちにわかるが、論を立て、筋道を整え、どこまでも明晰な言葉をつらねて書かれている。まさに「知恵第一の法然房」とは、当時誰がみても疑わしいとは思わない評価の原点だったはずだ。

理路整然と説きすすめて、みごとな起承転結の技をみせて筆を収めている。

それを正面から突き崩そうというわけだった。親鸞はその重い仕事に悩んだにちがいない。批評のほこ先をどこに、どのように向けたらよいのか、苦しんだにちがいない。

このとき親鸞はまだ「博士論文」を書こうと思っていた。それを仕上げようとして必死になっていた。知のもう一つの体系に立ちむかおうとしている。そうするためにどうしたらよいのか。

絶対の信頼を寄せる師にたいする迂回作戦をとるほかはないだろう。自分の推論を組み立てるのに必要な文章を、古典籍の中から探しだし、それをつらねて資料集のようなものをつくることだ、と思いつく。それをさらに引用の形で連結し、自分の推論の全体像を浮き彫りにしていく、そう考えつづけていたであろう。

親鸞の、師の著作を批判する『教行信証』の成立までを、私はこれまでそのように考えてきた。苦肉の策、だったというほかはない。

こうしてでき上った『教行信証』は、そのタイトル自体からは、そこに何が語られ、どんな主張がなされているのかはわからない。いや、はじめから隠されていたといった方がいいかもしれない。法然にたいする逡巡の気持が、そうさせたのだろう。

しかしそれらの資料・引用の一枚一枚を丹念にめくっていけば、著者の真意がどこに秘められ隠されているかがわかる。そんな構成になっていることに気づく。

何しろ、「教行信証」という著作のタイトル自体が、いまいったようにその本来の主題について何ごとも語ってはいないからだ。

「教行信証」とは何か。そのタイトルだけをみれば、つぎのようになるほかはないだろう。まず教は「テキスト」のこと、行は「修行」のこと、信は「信仰」、証はその結果の「証明」のこと。宗教家としてのあり方、宗教的実践、つまり宗教的日常についての分類項目、にすぎない。

著作の主題というには、あまりにも入門書的な表題にしかみえない。むしろ仏教入門というべき書物の「目次」といった方がいい。しかし親鸞はその「分類目録」のようなもの、「目次」のような表題の下に、自己の意図する問題意識をすべりこませ、それこそタイトルの中身を説明するような鍵になる文章を挿入していったのだ。

こうして著作の名と内容にはふさわしからざる著作『教行信証』が成ったのだ。それは明らかに師・法然の『選択本願念仏集』を念頭におく批判の書であったが、作成者・親鸞はその真の意図を「教行信証」という目次的表記名の下に隠し、韜晦の戦術に出たのだった。

そこへ、大きな転機が訪れる。

念仏の弾圧、

法然一門の動揺。
それに追い打ちをかけるような
死罪と流罪の嵐。
論文の是非を問う季節がすでに去りつつあったことを親鸞は悟ったはずだ。資料の集成、ノートの摘記の集積である『教行信証』を捨て去る覚悟が、もうできている。
記を空に擲《なげう》つ準備もできていた。
その覚悟と準備の潮が満ちたとき、あとは、その知の最後の集積回路の「あとがき」に、そっとつぎの一節
非僧非俗
の舟を浮かべればよかった。破戒、無戒の、目に見えない旗を立てて、しずかに船出をするばかりのところにいた。その目に見えない、風にはためく旗には
人間の第一類型　持戒僧
人間の第二類型　破戒・無戒僧
人間の第三類型　非僧非俗の人
の文字がすでに書かれていたはずだ。それが『教行信証』という目隠しされたままの著作をしめくくる後序、すなわち今でいう「あとがき」の総括だった。

知の重荷から解放された身軽な出で立ちの人間がそこに立っていた。いってみれば、第三林住期の姿が、これからはじまる。そのためかれは、これから強まるであろう厳しい風雨を前に身じろぎもしないで立っていた。

あとは大海にのりだした船の航海を楽しめばいいだけだ。嵐も襲ってくるだろう。スコールのような豪雨もやってくるだろう。もちろん酷暑の太陽に照らされることもある。しかしその行く先にはもはや荒海の航行しかのこされていないことは明らかだった。

すでに博士論文『教行信証』を提出し、それを放擲《ほうてき》して山を降りている。都を遠く離れて、旅の中にいる。

身軽になっている。

「自然」にむかって身軽になっている。

「自然」のリズムにのって身軽になっている。

やがて「法爾」の世界が近づいてくる。

その「法爾」に包まれて身軽になっている。

やっとの思いで「和讃」の道、「うた」の宇宙をくぐり抜けてきた。

そして

ひとこと、ふたことの言葉の海へ

それは長い長い道のりだった
重い荷物を背負う長い道のりだった

この世で仏になるという「現世成仏」と、あの世で仏になるという「浄土往生」との差異も、すでに消え失せている。

そんなことは、もうどうでもいい。逆流の旅はすでに終っている。

ただ
自然……
法爾……

そのさきを、老親鸞がとぼとぼ歩いていく。足跡がただひとすじ、あとにのこされた広い砂地の上に引かれていく。

親鸞はそこに自分の足跡をのこしながら、地上にうつる自分の影だけを背負いながら、ゆっくり足を運んでいく。

非僧非俗の人が、ひとり旅行く人のシルエットにしだいに包まれていく、そのふところに包まれて消えていく。旅行く林住期のなかにのみこまれていく……。

非僧でもない、非俗でもない、

無の人のように……。
身軽な自然法爾のように……。

第三章　芭蕉の乞食願望

「軽み」の境涯

人生には、俗でもない、聖でもない、中間的な「林住期」というライフステージがあることを発見したのが、古代インドの老賢者たちだったことは第一章で述べた。

これは面白い、と思いついたのが始まりだった。

この「林住期」的な生き方を楽しんだ人間たちに、あれこれ想像をめぐらせているうちに、このタイプは日本列島にも確実に存在していたと、ふと気がついたのだった。

最初に西行が浮かんだ。

とすれば、つぎに芭蕉が立ち上る。

最後に文句なく、良寛のイメージが蘇った。

その選択に異論をさしはさむ者は、まずいないのではないか。

だが、そのうち私は、この「林住期的人間」のそもそもの存在理由を考え直したとき、「俗でもない、聖でもない」という生き方の原点的な性格のようなもの、つまり定義のようなものがもともとあったのではないか、と反省したのである。そのことを、すでに定義の形でいい放っていた、もう一人の重要な存在だった親鸞の決定的な言葉が、頭上に落ちてきたのだ。

非僧非俗

という言葉だった。

是非もない。まことに自然な形で、親鸞にも「林住期的人間」の仲間に入ってもらうことにしたのである。

こうして、その親鸞を西行と芭蕉のあいだに潜入させようとしたとき、そこに何の違和感もなく、すっと親鸞の姿と形が自然に収まったのにかえって驚かされる気分になった。

親鸞ははじめから、西行や芭蕉や、そして良寛たちの本来の仲間だったのだ、と思わないわけにはいかなくなったのである。

「うた」の世界にとり憑かれた人、
非僧非俗を回路にした旅の人、
たとえ乞食になって死んでもかまわない、と覚悟を決めた人

いつでも遊戯三昧《ゆげざんまい》に、われを忘れることのできる人

四人の「林住期的人間」が出揃ったのだ。

この四人が眼前にあらわれたとき、そのまま四人が同じ土俵に円陣を組んで、語らいをはじめだした。とつぜん時代の枠組や壁がとり払われ、ほとんど同時代的な親和性のなかでかれらは言葉を交わしていた。

こうして西行、親鸞につづく第三走者、芭蕉（一六四四〜一六九四）の出番が回ってきた。

この第三走者が、その人生の終盤において追い求めていたのが「軽み」の境涯であったことは誰でも知っている。

その独自の味を際立たせる人物でもあることは、いまさらいうまでもないことだ。

存在の重さから存在の軽さへ……。

芭蕉は、その生涯にいくつか大きな旅をしている。たとえば旅日記の

『野ざらし紀行』

『おくのほそ道』

ほかに、信州や鹿島《かしま》にも。その記録ものこされている。

芭蕉の旅寝は、蕪村や一茶のそれにはるかに及ばなかったが、その人間と生き方はむろん旅と漂泊を抜きにしては語れない。

貞享元年（一六八四）八月、旅に出た。野に行き倒れて髑髏《どくろ》となってもかまわない、と。このとき芭蕉は四十一歳になっていた。

故郷の伊賀の国、上野に立ち寄り、京都、奈良に遊んでいる。『野ざらし紀行』の冒頭のところで目につくのが、つぎの一文だ。

腰間に寸鉄を帯びず、襟に一嚢を掛けて、手に十八の珠を携ふ。僧に似て塵あり、俗に似て髪なし。われ僧にあらずといへども、髪なきものは浮屠《ふと》（僧）の属にたぐへて、神前に入るを許さず。

自分は首に頭陀袋をさげ、手に数珠をもって僧の姿に似せているが、じつは世俗の塵にまみれている。

それならばまったくの俗人かといえば、そうではない。髪を剃り落しているからだ。だから神前では、仏徒と間違えられて、拝殿には入れてもらえなかった。芭蕉はここで

僧にあらず、俗にあらず

といっている。そういうことで、それとなく貧における乞食《こつじき》の生活であることをほのめかしている。

『野ざらし紀行』の「野ざらし」の言葉がそのほのめかしを効かせているのである。

この野ざらしの旅を、芭蕉の足跡のままに追っていくと、カミの道とホトケの道に通じていることが浮かびあがる。

そのむこうに、いつしか西行の姿がしだいに大きくみえてくる。カミの道もホトケの道も、西行の道に通じている光景が立ちあがってくる。

『野ざらし紀行』にわずかな痕跡をとどめる西行の存在は、それでもキラキラ輝いているのが胸を打つ。

芭蕉における西行志向の旋律である。

それは、僧にあらず俗にあらずの、いささか気負った告白にも重なっている。そこに親鸞の存在は、まだあらわれてはいない。

親鸞の足跡は、芭蕉の旅のなかでは、まだどこかに隠されている。

芭蕉は、その生涯において、親鸞の名を出さなかった。ひそかにつぶやくこともなかった。

それは、なぜか。

謎は、謎である。

このテーマは、このあと、しだいにわれわれの前面に立ちはだかってくるだろう。

その前に、どうしても語っておかなければならないことがある。

芭蕉の脚腰についてである。その脚腰の強さについてである。芭蕉の旅における芯をつかみだすためだ。

西行と同じ「筋」

元禄五年（一六九二）の二月十八日に書かれた手紙を、芭蕉は弟子の菅沼曲水《すがぬまきよくすい》に送っている。曲水は近江《おうみ》（滋賀県）の膳所《ぜぜ》にいた弟子、このとき芭蕉は四十九歳、死の二年ほど前になる。

この手紙のなかに、つぎのよく知られた文句が出てくる。


志を勧め情を慰め、あながちに他の是非をとらず、これより実《まこと》の道にも入るべき器なりなど、はるかに定家の骨《こつ》をさぐり、西行の筋をたどり、楽天が腸《はらわた》を洗ひ、杜子が方寸に入るやから、わづかに都鄙《とひ》かぞへて十の指伏さず。君も則ちこの十の指たるべし。よくよく御つつしみ、御修行ごもつともに存じ奉り候。

(志を立て、情を癒し、他人の是非善悪など気にしない、そうすれば、われわれのいう俳諧の道から仏道に入ることができるでしょう。たとえばあの定家の「骨」の境地をさぐる、たいして西行の「筋」をたどる、また白楽天の「腸」にならう、杜甫の「方寸」から学ぶ。そうした者は、都会・田舎を見わたして十指に満たないが、貴君はそのお一人、十分にお慎しみなさって、ご精進下さい)

俳諧の道に傑出する定家、西行、白楽天、杜甫と四人の名をあげている。とにかく真のうた詠みが、天下にまことにすくないことをいい、そのなかで語るに足るわずか十人のうちに曲水をあげている。どんな人物だったのか。

江戸前期の俳人、曲水は俳号。近江国膳所藩士。貞享(一六八四〜八八)ごろ蕉門に帰し、元禄以降、芭蕉と親しくなった。伯父の別荘・幻住庵を芭蕉の宿舎に提供している。曲水は剛直の武士だった。不正をはたらいた藩の奸臣を斬り捨て、自刃して果てている。藩主に非がおよぶことを恐れ、私闘にみせかけて相手を殺害した。そのため、息子も切腹を命ぜられ、菅沼家は断絶したという。

右の書簡のなかで、定家の骨、西行の筋というのが断然目を惹く。観念家ではない芭蕉の面目がきわ立つ。

定家の「骨」というのは、もちろん芭蕉のたんなる思いつきでいったものではない。定家の歌論には、すでに『毎月抄』があり、そのなかでかれは「風骨」とか「性骨」という表現を好んで用いているからだ。

風骨、性骨というのは、歌風や歌詠みの性根のようなもの。これも、定家の個人的な好みや趣味の域にとどまるものではなかった。同世代の後鳥羽院もその『御口伝《ごくでん》』のなかで、定家を評して「骨」すぐれた上手であるといっている。

そのあたり、「宗教嫌いの骨好き」という日本人の癖がうずいている。「信仰嫌いの墓好き」の日本的心性が動き出している。この骨（ホネ）と墓（ハカ）の持ちつ持たれつの関係は、縄文時代までさかのぼるかもしれない。そのころに「うた」の叫びが発生したのだろうといえば、いいすぎかもしれないが……。

やがて、能・狂言などの芸能があらわれる。世阿弥や禅竹がその芸能には「皮《ひ》」と「肉」と

「骨」の水準があることを説くようになった。定家の歌風がそんな演劇論のなかでもさらに意識されるようになったのだろう。

それが、芭蕉の「定家の骨をさぐり」にもつながっている。

「西行の筋」というのはどうか。西行は「骨」ではない、やはり「筋」だと判断した根拠は何か。その背後に、芭蕉はひそかに「俺も西行の筋の方だ」と思っていただろうと私は推察する。単純に、定家の骨と西行の筋を横に並べたのではない。

芭蕉がここで、世阿弥や禅竹らのいう皮、肉、骨の三位の水準を持ちだすことなく、皮とも肉ともいわず、ただ一つの軸である「筋」を持ちだしたところが大きい。

この筋はおそらく、たんなる筋肉のことをいっているのではない。肉を削りおとした筋である。贅肉を殺《そ》ぎおとしたあとの鋼のような筋だったにちがいない。

一筋の道

芭蕉は『野ざらし紀行』の旅のあと二年ほどたってから、『鹿島詣』の旅にでる。それが終れば、ふたたび上方へ。このときの記録は『笈《おい》の小文《こぶみ》』としてのこされた。

その『笈の小文』のなかに、つぎの一文があらわれる。四十四歳になっていた。はじめに自

分のことを風刺して、

終生、「狂句」を好んだ「風羅坊《ふうらぼう》」だった

と。「風羅坊」とは「風来坊」のことだろう。谷崎潤一郎にならって「瘋癲《ふうてん》老人」といってもいい。ついに、俳諧への執着心から自由になることができなかった、と歎いている。まだ、身軽になりきることはできていないと告白しているようにもみえる。

しばらく学んで愚をさとらんことを思へども、これ（俳諧への執着心）が為に破られ、つひに無能無芸にして、ただこの一筋につながる。西行の和歌における、宗祇の連歌における、雪舟の絵における、利休が茶における、その貫道するものは一《いつ》なり。

誰にでもわかる簡単な文章だ。心の歴史をつらぬく一筋の道が、鮮やかに蘇る。まず、西行からはじまる。そこには骨の定家は、もう視野にない。和歌における西行の名を告げ、あとは一気に、宗祇、雪舟、利休の芸道へと注意を喚起する。最後にしめる。

しかも風雅におけるもの、造化にしたがひて四時《しいじ》を友とす。見るところ花にあらずといふことなし。思ふところ月にあらずといふことなし。

俳諧の風雅は、自然のままにあること、これをおいてほかにはない。『源氏物語』の「もののあはれ」、親鸞の「自然法爾」と、ほとんど同じことをいっている。このとき紫式部と親鸞と、そして本居宣長と芭蕉が一線に並ぶ。時空を超えた同時代人として、並び立つ。

見るところ　花にあらずといふことなし。
思ふところ　月にあらずといふことなし。

芭蕉は元禄三年（一六九〇）四月になって、近江国分山《こくぶやま》の幻住庵に滞在した。そこで、かれは『幻住庵の記』を書いた。自分はこの世から離れた世界をとくに求めているのではない。山野に身を隠そうというのでもない。

ただ病身のため、人とのつき合いに飽いて世間を避けようとしているにすぎない。そして、こうつづけている。

つらつら年月の移り来し拙き身の科《とが》を思ふに、ある時は仕官懸命の地をうらやみ、一たびは仏籬《ぶつり》祖室の扉《とぼそ》に入らむとせしも、たどりなき風雲に身をせめ、花鳥に情を労じて、しばらく生涯のはかりごととさへなれば、つひに無能無才にしてこの一筋につながる。

(自分の人生をふり返ると、仕官して立身出世の道をゆくものをうらやんだり、一転して出家遁世の世界を思うこともあった。けれどもそのいずれも自分のものとはならなかった。ただ漂泊の旅のなかにわが身を追いこみ、花鳥を詠むことにだけ生涯の精力をかたむけてしまった。

だからそんな自分は、ただ「無能無才」の人間で、この「一筋」につながる、それにしがみつくほかに生きる道はなかったのだ……)

この最後の一行が、さきに掲げた『笈の小文』の「つひに無能無芸にして、ただこの一筋につながる」とまったく同じ表現になっている。ここにいう「一筋」が芭蕉にとっていかに大事な、いかに切実なひびきをもつ「一筋」であったかがわかる。

混沌の世界

もう一つ、例をつけ加えておこう。元禄六年（一六九三）四月のことだ。芭蕉はすでに五十歳になっている。その寿命はあと一年余りをのこすだけ、晩年の木枯しの季節のなかにあった。このとき江戸を離れることになった門人の許六《きょりく》に、餞別の辞を書き送っている。その「許六離別の詞《ことば》」のなかで、自分の俳諧は「夏炉冬扇」のようなものだといっている。さらに藤原俊成と西行の歌を「あはれ」なところが多い、風雅の真髄をあらわしているとほめちぎっている。そしてこの風雅の「細き一筋」につらなることの覚悟にまで説きおよんでいる。

芭蕉のいう「一筋」が西行にそのままつながるものだったことが、そこからもわかる。それは定家の「骨」への道とどこか違っている。生々しい感覚が封じこまれてもいる。

西行における脚腰の筋肉、バネのような筋力を喚起する。その一筋の筋力によって、芭蕉の風雅、俳諧への道が開かれている。

「定家の骨」と「西行の筋」の対照には、必然的な意味がこめられていた。その西行のいう俳諧の一筋道のなかに、俗でもない僧でもない、在俗的な禁欲行者の面影が、しだいに立ちのぼってくるだろう。いま引いたばかりの『幻住庵の記』でも、立身出世の道にも出家の道にも行けなかったことを吐息のように告白していた。

芭蕉の旅には、カミの道とホトケの道、があった。けれどもそれは、観音の霊場めぐりとか四国の札所めぐりとかとは質を異にするものだった。

むしろ一つの圧縮された人生の巡りだった。カミとホトケの霊感にふれてかりたてられる狂句に、身も心も奪われた「風羅坊」の旅だった。

行きつくところ、谷崎潤一郎のいう「瘋癲老人」の徘徊、といってもいい。それが「無能無芸のこの一筋」につながっていた。

身軽な脚腰のリズムが、そこから生まれる。西行の足音に重なる。晩年の親鸞の「和讃」の調べを浮き立たせる。

『笈の小文』の紀行のなかで、かれはこんなことまで書いている。

踵《きびす》は破れて西行にひとしく、天龍の渡しを思ひ、馬を借る時は、いきまきし聖《ひじり》のこと心に浮ぶ。山野海浜の美景に造化の功を見、或は無依《むえ》の道者の跡をしたひ、風情の人の実《じつ》をうかがふ。

旅も終盤に近づいて、芭蕉の足に血がにじむ。西行さんと同じような難渋な行脚を重ねてきたのだ。「いきまきし聖」とは、乗っていた馬を堀におとされ、思わず罵言をはいた証空上人の故事をいったものだ。聖という名の上人に冷笑を浴びせようというのではないだろう。むしろ疲れはてている自分にたいする自嘲の思いがつのったのだ。本音のところは、山野海浜の「美景」を楽しむとともに、「無依の道者（仏道修行者）」の跡を慕ってもいたからである。

もう一つ『笈の小文』では、西行の跡をしのぶとともに、初瀬《はせ》（長谷）の観音と箕面《みのお》の勝尾《かつおう》寺、そして和歌浦の紀三井《きみい》寺に立ち寄っているのが興味ぶかい。

こちらの方はどれも西国三十三観音の霊場であり、庶民のこころを引きつける巡礼の拠点だった。三年前におこなわれた『野ざらし紀行』には、これら観音霊場を廻るいとまはなかったから……。

「野ざらし」の旅では熱田《あつた》と伊勢を結ぶ一本筋のカミの道だったのに、こちら『笈の小文』のホトケの道では初瀬と和歌浦と箕面の三角点を結ぶルートが浮かびあがってくる。

芭蕉の旅は、まだつづく。まだまだつづいていくのだが、頭のなかの、ものを考える回路には、すこしずつ変化があらわれているようだ。そのようにみえる。

「野ざらし」の旅で出会った「僧に似て塵あり……」の科白《せりふ》に、それが匂う。この言葉の背後、その肩ごしに中国大陸の乾燥しきった空気が舞いあがっているのが伝わってくる。あの、中国古典という奴だ。

それは、この国のカミの道とかホトケの道とかからみれば、どこか違う。乾燥地帯の、水気の稀薄な土壌に発したコトバのように映る。

たとえば

老子の「足るを知る者は富む」

孔子の「中庸の徳たる、其れ到れるかな」

老子のいう「足るを知る」の知はどこか、地中海の滅法明るい「知らざるを知る」の知と、ストレートに通じている。そこで知そのものの権威は、すこしも揺らいではいない。まだまだ衰えていない。

孔子のいう「中庸」なども、そうではないか。それにしても「中庸」の中とは、そもそも何か。

上中下のなかの中だろう。舞楽でいう「序破急《じょはきゅう》」の破にあたるのだろう。前後左右ということでいえば、前後と左右にはさまれたところか。それとも過去、現在、未来の現在にあてはまるというのか。

イエスもノーもいわない。言語明瞭・意味不明の人格者のごときものか。

まさか芭蕉がそんなことをいったとも思えないが、そこにもやはり背のびする知の蓋がかぶせられている。

もしかして芭蕉は「僧に似て塵あり」を逆手にとって、僧と俗の中間、つまり孔子のように中庸をねらってみよといったのか。それとも老子のように、汝、そのことを知らざるか、足ることを知れ、といおうとしたのか。

「僧に似て塵あり、俗に似て髪なし」は、そんな孔子や老子の古典をふまえて発せられた教養人・芭蕉のつぶやきだったような気もする。

けれども芭蕉の真意はおそらくそんなところにはなかったであろう。おのれの旅の快楽を、そんな誰でも知っている「知足」なんかにまかせられるものか、という気分だったはずだ。旅の醍醐味を、そんな窮屈な中庸の徳にとじこめることなどできるものかと腹をくっていたにちがいない。

芭蕉の旅好きは、中国古典からの乳離れの企てでもあったようだ。何しろ旅の中で俳諧の芯を探しだし、それと一体化しようと「そぞろ神」にとり憑かれて、心を狂わせていたからだ。

その眼前にぶら下がっていたのは、コスモスの幻想などではなかったはずだ。それよりもカオスの奔流だったにちがいない。

とすると、あの荘子か。荘子にたいしてだけは、中国古典からの乳離れとはいっても、人知れず親近感を抱いていたようだ。

とりわけ、かれのいう混沌……。

混沌とは、待ったなしの知の破壊そのものだった。混沌の前では、孔子の中庸も老子の知足もまったくの形無し、逆巻く大海のもくずとなり、微塵にくだけ散るばかりだ。

混沌の物語……。

昔、三人の王がいた。

中央に、つるつる卵の、ノッペラボー、そんな王がいて、混沌と名のっていた。

南に、居場所をつかさどる王がでてきた。

北に、時を告げる王があらわれた。

この二人の王は、まんなかのつるつる王に近づいて、

「お前、そろそろ目鼻と口をつけたらどうか」と勧め、強引に、そのつるつるの顔に大きな穴を開けた。

すると、

混沌は、たちまち死んでしまった。

人間の真似はするな、という忠告だったのだろう。人間の尻馬にのって秩序のあとを追うことなどあきらめろ、という挨拶だったのだろう。

原始流動の無秩序

時間と空間をはね飛ばすカオス

その二つさえ手にすれば、土に埋もれた珠のコトバが一瞬にして掌中にのる。

芭蕉ならずとも、その魅力には抗しがたい。

誰にいわれなくても、旅は混沌にみちている。知足の旅とか中庸の旅とかいう架空の旅は、おそらくどこにもない。

句は、その混沌の旅のなかから生まれるだろう。句は、混沌のなかで迷走し、「そぞろ神」にとり憑かれ、狂気の思いにのたうつなかで出現するだろう、芭蕉はそう考えていたにちがいない。

「僧にあらず、俗にあらず」も、「僧に似て塵あり、俗に似て髪なし」も、混沌の旅のなかから誕生したのだと、かれならいっただろう。そのときすでに、荘子離れもはじまっていたかもしれない。

野ざらしを心に風のしむ身かな

芭蕉はもう、混沌からも身軽になれ、とみずからに命じているようにもみえる。芭蕉には叱られるかもしれないが、悪のりしてここでパロディーを一句、

混沌の野ざらし身にしむ心かな

混沌は野ざらしか、野ざらしが混沌か、それがもう混沌のなかだ、野ざらしのなかだ。禅問答のなかで、身軽がすこしだけ近づいている。荘子離れもはじまっている……。知から混沌へ、混沌の軽みへ、野ざらしへ、それは親鸞がすでにやっていたことだ。むろん西行もはじめからその一点をみつめて歩いていた。

西行のうた

親鸞の語り

知の崩落のあとを、芭蕉も混沌の風に吹かれて生きていた。

もうすこし、芭蕉の旅を追ってみよう。

芭蕉は『笈の小文』の旅を終えたあと、ひとまず京都から尾張に出て木曽路をたどって信州に入る。これが『更科紀行』としてまとめられた。

翌年は元禄二年(一六八九)、その三月に奥州に旅立つ。四十六歳になっていた。『おくのほそ道』である。江戸から白河や松島へ、平泉へ。山形を廻って、日本海を南下。越後路をこえて金沢、白山を訪ねている。

丹念に、ホトケの道、カミの道をたどっていた。多くの巡礼たちの道に通じていたが、むろん霊場めぐりというのとは違っていた。

この長途の旅で、江戸を発ってから数日たっていたが、日光山の麓に泊ったときだ。宿の主人がでてきて、「仏五左衛門《ほとけ》」と名のり、木訥《ぼくとつ》無垢の態度で親切にもてなしてくれた。感じ入った芭蕉はいう。仏がこの世にあらわれ、自分のような、身ごしらえは僧に似ていても実は「乞食《こつじき》巡礼」にすぎない者にまで、助力の手をさしのべてくれたのだ、と。

いかなる仏の濁世塵土《じょくせじんど》に示現《じげん》して、かかる桑門の乞食巡礼ごときの人を助けたまふにや

いささか芝居じみた誇張がみられないではない。宿の主人の親切が、よほど身にこたえたのだろう。

日光山への参詣のあと、那須、白河を訪れ、須賀《すか》川に投宿した。そこで芭蕉は「世をいとふ」脱俗の僧に出会っている。そこでふたたび、西行を追慕して句を詠んでいる。くだんの「世をいとふ僧」も俳句をつくる風雅の士だった。

このあとかれは、飯坂《いいざか》の宿で体調をくずし、床に伏した。やがて気をとりなおし、わが身の行く末はしょせん「羇旅辺土《きりよへんど》の行脚」にほかならないと反省する。いずれ「捨身無常《しやしん》」のうちに、道路に行き倒れることもあろう。もはや何の悔いるところもないといって、重い腰をあげ、足をふみだしていった。

あの『野ざらし紀行』の行間に静かに流れていた、「僧にあらず、俗にあらず」の旋律も、噴きだしている。しだいにつよくせりあがってきていることに気づく。『おくのほそ道』の完成の時期がもしも死の年の五十一歳だったとすれば、『野ざらし紀行』の旅がおこなわれた四十一歳のときから数えてほぼ十年がたっていたことになる。

親鸞の場合でいえば、『教行信証』を書いて「和讃」の世界に近づいていった時期にあたるだろう。変容のとき、成熟のときだった。その成熟へのリズムは、やはり時空を超えていたというほかはない。

「こつじき」と「こじき」

西行や親鸞が生きていたころ、すでに二つの物語ができていた。山の上や山の下で、野や原で、街中でひそかに語られていた。

世に知られない「西行物語」「親鸞物語」である。

まず、暮しぶりのパターンから

昔、昔、比叡や高野のお山では、坊さんが神隠しにあっていた。

何ものかに、突然、拉致《らち》され、お山から姿を消していた。

浴室に入ったまま、トイレに行ったまま、姿を消していた。

はじめ、弟子たちが騒ぎ、探しまわったがみつからない。

行方不明のまま、時がたっていった。

死んでいるのか、生きているのか、その消息もわからないうちに、十年、二十年の時間が過ぎていた。

山の人々からその坊さんの記憶が消えたころ、弟子だったひとりの坊さんが、地方に旅にでた。招かれた、ということもあっただろう。今でいえば修行の旅だった。つまり乞食《こつじき》の行だった。凜として立派な修行の旅だった。

その弟子が四国の辺境の土地を歩いているときだった。信者のひとりから噂話をきく。

「村はずれの破れ小屋に、としとった乞食《こじき》坊主のようなのがいますよ」と。

弟子は、不意に胸騒ぎを覚え、しずかに近づいていくと、その面影が、昔別れたままの師匠の顔に似ているのに気づいた。

「お師匠さん」

思わず口走ったとき、そのよろよろの乞食坊主は
「わしゃ、こじきだよ」

といったまま、小屋のなかに姿を消した。


この「物語」のオチは、たいていの場合、こんな風だった。乞食《こつじき》と乞食《こじき》のあいだには天地の差がある、と。

それはそうだ、と誰でもいう。誰でも思う。

その天地の差のあいだに、気の遠くなるような修行のつみ重ねがある。その間、カミに拉致され、ホトケにさらわれたのだろう、と。

女たちや子どもたちだけが神隠しにあうのではない、坊さんだって神隠しの術を心得ているのである……。

乞食《こつじき》は、坊さんであれば誰でもできる。

乞食《こじき》は、坊さんであっても、容易にできることではない。

半僧半俗、という姿を映しだしているのだろうか。

非僧非俗の戯画、のようにみえないこともない。それとも

僧に似て塵あり　俗に似て髪なし

の、もうひとつの物語……。

あるいは

乞食《こつじき》は、身軽になった坊さん

乞食《こじき》は、それからさらに、もうひとつ身軽になった乞食《こつじき》

キーワードは、やはり、身軽な世界へ、つまり軽みの天地のなかに抜けでていくことではないか。

つぎに、死に仕度のパターンから。

昔、昔、比叡や高野のお山では、死期を迎えた坊さんは、ひとりひとり、それぞれ死に仕

度をととのえる習わしがあった。

穀物を食べない、五穀断ち、十穀断ちといった。米、麦、粟、稗の種類を食べない。木の葉や木の実、草やその根っこなどで、最後のいのちをつないでいく。これを木食《もくじき》といった。

やがて、それらすべてを口にしない段階がくる。これは断食《だんじき》と称された。木食から断食のステージにすすむと、からだは自然に枯れ木に近づいていく。

あと、一週間、十日、という時期が迫ると、こんどは最後のいのち綱である水も飲まない。断水《だんすい》、である。

断食、断水のステージがつづく、一週間、十日、二十日……

枯木になったからだが、しだいに傾き、崩れ、そして最後に倒れる。しずかに横たわる。断食して、死につく。断食、断水して往生する。成仏する。

外側から眺めれば、断食死、飢餓死、餓死にみえる。

けれども内側からみれば、断食往生、断食成仏、である。

その最後のステージで、ひそかに苦しんでいる人もいる。地獄の痛みや苦しみにあえいでいる行者もいる。

そんな行者も、しだいにしずかになって、息を引きとっていく。

食を断つのも、水を断つのも、人それぞれ。しずかに逝くのも、もだえて逝くのも、人それぞれ。

比叡の山や高野の森は、それらの死に仕度で最後のステージを逝くものたちを、大きく包みこんでいる。

僧の最後として語られてきた「物語」である。出家最終のゴールとしてささやかれてきた姿である。

乞食《こつじき》から乞食《こじき》へ
乞《こ》食《じき》から木食《もくじき》へ
木食《もくじき》から断食《だんじき》へ

そのすべてを完走する行者もいただろう。途中で挫折、中止に追いこまれた者もいたにちがいない。乞食《こつじき》から、一気に断食へと走り去る行者もいた。

死に仕度をして、死に行く者の念頭に霊験のしるしがあらわれるときもあった。炎熱の焔《ほむら》のかわりに涼しい奇蹟の風が吹くこともあった。

西行は死に仕度を迎える前から、「願はくは……」の歌をつくっていた。

親鸞は、こんなことをいっていた。前にもふれたが
「某《それがし》閉眼せば、賀茂河にいれて魚に与ふべし」

そして芭蕉、

「旅に病んで夢は枯野をかけめぐる」

西行の逝く春も、枯野のかなたに浮かぶ幻影だったかもしれない。親鸞の屍《しかばね》はもう西に行く月への旅をはじめていただろう。芭蕉の病いの床を飾る花は、小川を走る魚の目の涙をみていたかもしれない。

半僧半俗の末期の目
非僧非俗の枯れた眼差し
脱僧脱俗のカオスをみつめる視線

三人が三人とも、語りのような歌、歌のような語りをのこして、やがて雲を霞と、われわれの眼前から消えていく……。

「乞食の翁」である

ちょっと、中間報告をしておこう。

乞食《こつじき》を徹底させると、断食に行きつくだろう。食を乞うことの徹底は、食を断つことの決断にそのままつながっていくからだ。

食を乞うことは、他者のあわれみを乞うて命をつなぐことだが、食を断つことは他者のあわれみを拒絶して命を絶つことである。

乞食と断食のあいだに、たとえば木食という段階をおくことができる。

木食はさきにもいったように、五穀断ち十穀断ちともいい、米や麦、稗や粟などの穀物を断って、木の葉や草の根だけを食べて生命をつなぐ方法である。

乞食の生き方は、他者を前提にしているだけまだ文化の領域にふみとどまっている。

木食の方は、むしろ人間の世界から鳥獣の世界に分け入っていく。つまり自然の領域に入りこんだ段階ではないか。自然の恵みによって直接与えられるもので命をつなぐ。

断食は、この自然のなかでの緩慢な歩みから、永続的な自然状態への移行を決意するときに生まれる。

だから、乞食から木食へ、木食から断食へ、という形での移行は、文化から自然へ、自然から死へ、というプロセスを意志的に選びとることを意味している。

この文化→自然→死というプロセスを絵に描いたように生きた人々が、かつてたくさんいたことに気づく。

たとえば、中世の時代に生きて死んだ往生者たちだ。古代末から中世期にかけて書かれた『往生伝』や『高僧伝』である。

それらをみると、修行僧たちが死を予感して断食の行に入る場面が、よくでてくる。乞食（食を乞う）の生活のなかで、経を読む、からだを屈して礼拝する、山林を歩きつづける、そのような行をつみ重ね、やがて臨終のときが近づく。

そのときを悟ると、かれらの多くは自然に自分を断食の状態に運んでいく。食を断って、死の場面における奇跡と愉悦を手にしようとする。その前に、霊的な夢告、トランス状態や恍惚の浮揚感など、そして、往生……。

むろん、一瞬の混沌に見舞われることがある。断食のパラドックス、といってもいい。恍惚の消滅と痛苦の浮上……。

往生を約束するものは、どこにもいない、その混沌の意識が、いつやってくるかもわからない。乞食のパラドックス、である。

さきにもちょっと触れたことだが、芭蕉には一種の乞食《こじき》願望があった。西行にも西行なりの、親鸞にも親鸞なりの乞食願望があったように……。

かれはその生涯にいくつかの大きな旅をしているが、それもかれのこの乞食願望と無関係ではなかった。

芭蕉が旅に過した日数は、さきにもいったように蕪村や一茶のそれにはるかに及ばなかったが、しかしながら芭蕉の人間と人生は、旅と漂泊の生涯を抜きにしては語れない、その乞食志向を無視しては論ずることはできないだろう。

芭蕉が旅にでる起点は、いつも江戸だった。

延宝八年（一六八〇）の冬、かれは街なかの雑踏を嫌って、ややはずれた深川六間堀《ろっけんぼり》にある番小屋のようなところに移った。

そこは小名木《おなぎ》川が隅田川にそそぐしずかな地だったが、すこしずつ門人たちが増えてきたので芭蕉庵と名づけた。

あわせて、この師を芭蕉の翁と呼ぶようになった。門人の一人からバショウ一株が贈られてきたからだった。

明けて翌年の天和元年は芭蕉三十八歳であるが、この年の冬になって、「乞食《こじき》の翁」として知られる文章を書いている。

門人たちが「芭蕉の翁」という尊称をたてまつったのにたいして、いや、自分はそうではない、「乞食の翁」である、と応じたのだ。

冒頭に、杜甫の二句がおかれる。とにかく杜甫が好きである。荘子にくらべても、杜甫にたいする点数が高い。とはいってもその二人のあいだには、目にはみえない相互牽引の力がはたらいていた。

窓ニハ含ム西嶺《せいれい》千秋ノ雪
門ニハ泊ス東海万里ノ船
　　泊船堂主　華桃青

我其句を識《しり》て、其心を見ず。その侘《わび》をはかりて、其楽《たのしび》をしらず。唯、老杜にまされる物は、独《ひとり》多病のみ。閑素茅舎《ぼうしゃ》の芭蕉にかくれて、自乞食の翁とよぶ。

遠く、山には雪がかかり
近く、海には船が浮んでいる
それが冒頭の二行だ。
「泊船堂」は庵のこと、「華桃青」は芭蕉の号。

まず、杜甫のその句は知っている、けれどもその心の内まではみえないといって、反省し自嘲している。

「侘《わび》」の方は推測がつくが、「楽《たのしび》」の方はまったく見当がつかない、と嘆いている。ただその老杜甫よりも自分がまさっているところがあるとすれば、病気ばかりしてきた点だろう。

だから静けさだけが取り得の、ぼろぼろの家のなかに身を隠して、自分の姿を

「乞食の翁」

と呼ぶほかはない。

自分を貧寒と孤独のなかにつき離す自嘲の自画像である。だがそれは、同時に、芭蕉の翁とたてまつる門人たちにたいする反論であり、反語でもあった。

元禄五年は、芭蕉四十九歳、死の二年前である。この年の二月、「栖去《せいきょ》の弁」を書いて、つぎのようにいっている。

風雅もよしや是までにして、口を閉ぢむとすれば、風情胸中をさそひて、物のちらめくや、風雅の魔心なるべし。なほ放下して栖《すみか》を去り、腰にただ百銭をたくはへて、拄杖一鉢《しゆじやういつぱつ》に命を結ぶ。なし得たり、風情つひに薦《こも》をかぶらんとは。

〈風雅の道も、これまで。口を閉じても、いつも騒ぐ心がわき立ってくる。ああ、これこそ風雅の道をかたる魔心の仕業にちがいない。これでは仕方がない。自分をつき放して、すみかを去り、わずかな銭を腰にぶら下げて、旅にでるほかはない。まあ、一本の杖と、一個の鉢に命を托して、薦かぶり〈乞食〉の一本道だ！〉

「魔心」を抱えこみ、「魔心」の「薦かぶり」「なし得たり」——「やったぞ！」と身をのりだしてはみたものの、あとは……。

「薦かぶり」の言葉は、もともと芭蕉語彙のなかではちゃんとした席を占めている。たとえば、『おくのほそ道』の旅を終えたあと、元禄三年の歳旦吟、

菰《こも》を着て誰人います花の春

正月の祝福詠に「薦かぶり」の自画像を重ねている。世間からは難くせがつけられたが、芭蕉にははじめから冒険心というかいたずら心があった。

元日という晴の日に、無宿乞食を登場させようという魂胆である。

思いは自然に、西行にも及ぶ。

元禄三年の四月十日付の手紙で、門人の此筋《しきん》、千川《せんせん》にあてて

五百年来昔、西行の撰集抄に多くの乞食をあげられ候。愚眼ゆゑよき人見付ざる悲しさに、二たび西上人をおもひかへしたる迄に御座候。

『撰集抄』は中世の仏教説話集で、西行著と伝えられている。が、それは疑わしい。けれども芭蕉はそれを西行に結びつけ、そこに登場する「乞食」の生活も西行と別のものとは考えていない。

それに気づくことの薄かった自分の「愚眼」を嘆いているのである。

けれども乞食を、ひとごと、つまり観念によってすくいあげるのではなく、わがこととして考えれば、事態はもっと別の様相をみせるかもしれない。

なぜなら芭蕉の生きた時代、乞食や非人にたいする取締りがすでにはじまっていたからだ。当時の通達には、非人乞食が町内にますます増え、袖をひいたり盗みをする者が目立つようになっていた、それでかれらを一人のこらず一掃し、かけ小屋などを三日以内に壊せといったも

のまで出された。

徳川綱吉が五代将軍についたころであるが、この「非人乞食狩り」の大掃除は、それ以後しだいに恒常化していく。

あいつぐ天災
農業経営の不振
租税の強化
物価高騰
大量の難民
飢民の無宿化

時代は、非人と乞食の発生にこと欠かなかった。

そうした時代の流れにあって、芭蕉の俳諧も転機を迎えつつあった。一方では西行などの中世的な「乞食」の幻像を追い求める。他方では、目の前の乞食や非人たちの実像からの乖離をつよく意識せざるをえなかった。

そんな視線で見上げれば、芭蕉の乞食願望はさしずめ仮面乞食のそれと呼ばれるほかないものだったかもしれない。西行や親鸞の目からみてさえ、芭蕉の「乞食姿」はそうみなされてもしかたのないものだっただろう。

田を耕す農民たちの時代がやってきていた。漂泊し流浪していく芸能民たちが差別され、定住民の生活から追い出される暮しが定まりかけている。霊感を求める呪術的な行為がおさえこまれ、勧進、托鉢などの行為が排除され、禁止されるようになった。

カミやホトケの名において物を乞う行為、それがようやく終焉を迎えようとしている。かつてそれは、祝いごとをのべて寿ぐひと（ホカイビト）、異界から訪れてくる貴人（マレビト）たちのおこないだったのに……。

芭蕉の非僧非俗は、どこにいったのか。

芭蕉はその非僧非俗の細い道を通って、どのような軽みの岸辺にたどりついたのか。

それは半僧半俗だったのか
それとも脱僧脱俗だったのか。

芭蕉からの脱出孔

ここまで芭蕉の道を歩いてきて、ふと気がついた。親鸞の道を歩いているときは気がつかなかったが、ここでもいつのまにか、同じ躓きの石を踏んでいたようだ。

芭蕉が背負っていた重荷が、そのまま自分の両肩にずしりとつらい圧力をかけていたからだった。

芭蕉がもたらした教養、知識、言葉が、生煮えのまま、自分の肌身に付着していた。水気を含んだ不快な臭いを発して、そこら中、炎症をおこしていたことを告白しないわけにはいかない。そんなものは、すでに捨ててしまったはずなのに……。

芭蕉かぶれがはじまっていたのだ。

身軽になるどころではない。それなのに、軽みの岸辺にたどりつこうなど、とてもとても見苦しい姿ではないか。

私の身の回りには、新参者にありがちな書物の山がもう積まれている。そこに、芭蕉かぶれのコンプレックスの塵がつもっている。旅ゆく田舎道には、芭蕉にかぶれた形ばかりの薦かぶりの姿が映っていた。

せっかく親鸞の著作や全集を手放し、それから身軽になっていたのに、こんどはそのことの代償ででもあるかのように、芭蕉かぶれになっていた。

かぶれは、すでにわが性《さが》になっている。わが生を食い破り、いつまでもその肉をつつき、骨をくだいてやむことがない。

西行は、幸いなことに、和歌以外のものはほとんどのこしてはいなかった。人生の起承転結のあとをきれいさっぱり洗い流して、あの世に逝っていた。

和歌以外の荷物を、この地上からどこかへ放りだしていたのである。

身軽になる西行の技は、親鸞のそれをはるかに上廻っていたことになるだろう。

それにたいして芭蕉の方は、どうだったのか。

これも今ごろ知ったことだが、その名高い「蕉風」成立をめぐる、あまりにも多い「参考文献」をこの世にのこして旅立っていたというほかはない。親鸞の場合とくらべても、おさおさ劣るものではない、その荷物の重量は、眺めるだけで目がくらくらする。

さて、どうするか。

そこから脱出する方法が、ないわけではない。

芭蕉を道化に仕立てること、つまり芭蕉のパロディー化、という方法である。むろんそれにはそれなりの腕力が要る。そんな気のきいた人間がいたのか、と疑う向きもあるだろう。それではたしてかぶれの虫が収まるのか。

芭蕉の死後、かれの弟子たちはそれぞれの道を歩いていったが、はるか後になって芭蕉、芭蕉、芭蕉……と声をかけ、そのあとを追いつづけ、不敵な言葉を投げつづけた奇特な坊主がいた。

仙厓《せんがい》である。

この男も、半僧半俗か非僧非俗のじぐざぐ道を歩いていったから、西行・親鸞・芭蕉の一筋道のどこかの端につながっているかもしれない。

ただ仙厓をその一列の道に入れる者は、もちろんどこにもいない。これまでもいなかった。けれども、この芭蕉と仙厓の出会いは、もしかすると、西行・親鸞・芭蕉とつづく「奥の細道」の入口に、われわれを引きもどしてくれるかもしれない。と同時に、芭蕉かぶれの罠から脱出する道をみせてくれるかもしれない。

芭蕉をパロディー化する細い道だ。「かぶれ」のトンネルから逃げだせ！

まず、その仙厓の生涯を一筆描きにすると――。

仙厓義梵《ぎぼん》（一七五〇〜一八三七）

寛延三年、美濃国（岐阜県）に生れた。生家は山林の番人だったという。極貧の出だ。

十一歳のとき、近くの寺で出家。

十九歳のとき、武州（武蔵国）の月船和尚に師事して修行した。

師の死に遭い、旅に出て、京都へ。

三十九歳のとき、九州博多に降って聖福寺に入る。

翌四十歳にして、同寺の第一二三世の住持を継いだ。

以後八十八歳でこの世を去るまでの五十年間、一切の栄誉を辞し、墨染の衣に身を包んで、博多に住みついた。

禅画もどきの戯画に遊び、川柳まがいの俳句を書きなぐる。

寸鉄人を刺す寓話や寓画をつくって、人の目をくらまし、笑いこける。

仙厓の戯画のなかには、定番の蛙がよく登場する。芭蕉の「古池や蛙飛びこむ水の音」を下敷きにしている。

それらのなかで、大きな蛙が一匹うずくまっているのがある。尻と両手を大地につけている。昂然と体を上に向けて背をそらしている。表情がどこかを眺めているようで、にんまり笑っている。愛敬のある蛙のようにもみえる。けれどもどこか油断がならない、不気味な面構えのようにもみえる。
その脇に、

坐禅して人が仏になるならば

と書いてあるのだ。

なるほど蛙はうずくまって背をのばそうとしているが、坐禅しているようにもみえる。ずんぐり姿の雲水に似ていないこともない。

禅僧はいかにも偉そうに坐って、悟ったような顔をする。それなら蛙だって坐っているではないか。人が仏になるなら、蛙だって仏になる……。

仙厓がもう、蛙の背中にのり移っている。

芭蕉とは、もう格闘している気分だ。

仙厓の、もう一枚の絵がある。バショウの葉っぱが大きく描かれている。そばに小さく、旅姿の芭蕉本人が立っている。右手に笠、左手に杖、わらじをはいている例の姿だ。

このとき仙厓は、芭蕉の「古池や」の一句が解けた、と思ったのだろう。

古池や芭蕉飛びこむ水の音

と、それを解いたのだ。

絵の方をもう一度眺めてみよう——。バショウの葉が大きく描かれている。そのはるか下に、小さな蛙が天を仰ぎ、いまにも飛び立とうとしている。喉元から下へ真白い腹を出している。心臓の鼓動がピクピクしているのが伝わってくる。前足を宙に浮かし、後足を地につけている。その蛙の目線を上の方にたどっていくと、そこに「芭蕉飛びこむ——」の文字が、水の流れのようにさらっと書かれている。

蛙がふり仰いでいるのが、その一句だ。

芭蕉さん　さあ　飛んでみな

そう誘いをかける蛙、いや仙厓和尚の軽やかな声がきこえてくるようだ。

仙厓和尚を道化役に見立てれば、芭蕉を、われわれのこの時代に軽やかに運びだすことができそうだ。そんな直観がはたらく。

威風堂々……
虚無無尽……
ことばから絵画へ
意味から記号へ

さあ、芭蕉さん、飛んでみな
蛙の背にのって、思いきり飛んでみな

それが、芭蕉からの、仙厓和尚の脱出孔だった。

すでに非僧か非俗かの緊張が消えている。半僧半俗の弛緩もほどけている。ましていわんや反僧反俗の工夫も知恵もあるものか。

仙厓が企てた、もどきのトリックだったのかもしれない。そこにこそ、目にみえない軽みの世界、そこに抜けでていくための、もう一つの道が用意されている。そのもどき芸のなかに、芭蕉の本領が浮かび出ている。それが、この国の根っこに流れつづけていた太い地下水脈だったのかもしれない。大地からいつでも噴きだす固有のリズムだった。

そうだ。

五七五は五七五七七のもどき
五七五を両手でしっかりつかめ

けれども、仙厓さん、汝《あなた》はこれからどこに行こうとされるのか。どこを目指して歩いていこうとされるのか。

仙厓さん、さあ、飛んでみせてくれ。

仙厓さん、飛んで天下を眺め、教えてくれ。

芭蕉以後の世界を……。

第四章　良寛遁走

俗にあらず、沙門にあらず

この国の風土に降り立った「林住期的人間」として、良寛（一七五八〜一八三一）の名を挙げないわけにはいかない。

掉尾《ちょうび》を飾る最終ランナーとして、この人ほどにふさわしい存在はいない、といっていい。風格の一端を示す。まず

天上大風
一二三《ひふみ》

の書で知られる。

みるところ、天空を吹く大風のように、ひいふうみ、と軽やかに目の前にあらわれる。

旅とうたの生涯が、いつでも走馬灯のように浮かぶ。幻影のように飛び去る。

故郷は、日本海に面する出雲崎。

そこを出て、瀬戸内の海辺に赴いて、修行の年月を重ねてきた。備中玉島……。

かれのすくなからざる漢詩の宇宙をみれば、その苦難と心労がどのように積み重ねられていたか、思い知ることができるだろう。

正規の手続きをふんで禅門に入っているから、良寛は出家僧だ。

しかしこの沙門《しやもん》良寛は、終生、俗の中に生きていた。

出家の気配などすこしもみせない。

流浪、漂泊の姿を、ちらりほらり。

けれどもこの人物は、とにかく形らしきものをつくることが無類に好きらしい。

文学も、書も、歌も、そして漢詩も……。

とはいっても、自分の形となると、たちまち隠す、雲を霞と逃亡する。

が、漢語の奥座敷にたいする関心は並々ではなかった。お経につらなる漢字の形など、日がな一日、対面していて飽きなかったらしい。

「天上大風」「一二三」なども、そのひとつ。そして「般若心経」も……。

やはり、良寛の「略年表」を眺めることからはじめよう。

一七五八年（宝暦八）　越後国（新潟県）出雲崎に生れる

一七七九年（安永八）　二十二歳　備中（岡山県）玉島円通寺の国仙和尚について得度し、良寛となる。和尚とともに円通寺におもむき、修行と遊行の生活に入る

一七九六年（寛政八）　三十九歳　帰郷する

一七九七年（寛政九）　四十歳　国上山《くがみやま》の五合庵に入るが、以後も各地を遍歴し、仮寓生活がつづく

一八〇七年（文化四）　五十歳　「万葉集」全巻の研究をはじめる

一八一六年（文化十三）　五十九歳　国上山麓の乙子《おとご》神社に移る

一八二一年（文政四）　六十四歳　米沢藩への旅に出る

一八二五年（文政八）　六十八歳　貞心尼《ていしんに》、長岡藩の福島閻魔堂に来る

一八二六年（文政九）　六十九歳　国上山を降り島崎の木村家に移住

一八三〇年（文政十三）　七十三歳　腹痛下痢ひどくなる　盆踊りに出て徹夜で踊り通す

一八三一年（天保二）　七十四歳　貞心尼と最後の歌を唱和する　一月六日午後四時ごろ没

年譜にみられる通り、良寛の旅は三十代から四十代に集中していた。備中玉島から近畿一帯をさまよっている。年を経てからの米沢への旅をのぞけば、ふるさとの国上山周辺をさすらう仮寓の生活だった。

一所不住の乞食生活、といえばいえる。止まり木を小鳥のように転々と、移り住むように、風のように……。

歌をつくり、漢詩集を編み、近親や知己に囲まれながら、屈託なく、自在なひとり漂泊の日常だった。歌や句、そして書などを求められれば、たちどころにつくって、書いて、与える。気がつけば、いつのまにか自分のことを「俗にあらず、沙門にあらず」といっていた。沙門とは修行僧のことである。

それはかつて西行が見出し、親鸞が発見し、芭蕉がうけついでいった道だった。

芭蕉め、と良寛も

「江戸」の時代の流れを眺めていると、仙厓のそばに良寛が、同じ空気の下で生きていた。

仙厓は良寛よりも八歳だけ上、同時代の人間だった。仙厓も良寛もそれだけでいえば、同じタイプの人間にくくられそうだ。

けれども「江戸」の枠をとりはらえば、仙厓や良寛が生きていた社会は、そのまま「明治」の夏目漱石が呼吸していた暮しとほとんど同じだったことがわかる。

何しろかれらと漱石のあいだには、わずか三十～四十年ほどの時間が流れているだけだったからだ。

そこで、仙厓、良寛、漱石をつらねて同心円を描けば、三人はそのなかにすっぽり収まるだろう。

その親近の輪は、たとえば芭蕉、仙厓、良寛という三人を包む輪円をつくったとして、それよりはるかに濃いかもしれない。

芭蕉と仙厓、良寛のあいだには六十年を超える年代差が横たわっているからだ。

それならばいっそのこと、芭蕉から漱石まで、そのなかに仙厓、良寛を呼びこんでもうひとつ大きな輪を描いてみたらどうなるだろうか。そう思わないでもない。

かつて民俗学者の柳田国男は、言葉の伝播・拡散の法則を見出そうとして「方言周圏論」という方法をあみ出したことがある。人間が日常的に使う言葉というものは、文化の中心地域からしだいに同心円的な輪を広げ、伝播・拡散していくという。たとえば京都を中心にして一〇〇〇キロの大円を描くとき、南の沖縄と東北の辺境がその同心円上にあらわれ、そこに琉球語のユタと津軽のイタコの語が出現し、ともにシャーマンを意味するのだ、と。

もしもそうであるならば、われわれもまたここで、かりに「思想周圏論」なるものをもちだして、通時的にも共時的にも通用する球体をつくってみてもいいだろう。タテヨコXY軸を回転させる球戯の試み、である。

良寛をとりあげるには、それくらいの気持の転換が必要かもしれない。

良寛は芭蕉の歩いていた道を淡々と歩いていったのだろうか。それとも芭蕉のまだ知らない坂をのぼっていったのだろうか。

良寛の句に、こんなのがある。

新池《あらいけ》や蛙とびこむ音もなし

夢覚《さめ》て聞くは蛙の遠音かな

山里は蛙の声となりにけり

三句並べてみれば、ああ、そうか、芭蕉の例の句を想い浮かべて、良寛も二、三句口ずさんだのか、と。

けれども最初の句だけを眺めれば、良寛も仙厓和尚と同じように、芭蕉め、芭蕉め、とこころひそかに思っていたのかもしれない、そんな気分にもなる。「古池」にたいして、そっと「新池」をおいてみる。何だ、音はなんにもきこえてはこないではないか。

二、三句目に目を移すと、いつのまにか斎藤茂吉の髭面が眼前に立つ。

死に近き母に添寝のしんしんと
遠田のかはづ天に聞ゆる

茂吉も蛙の声に魅き寄せられた一人だった。

蛙が季語になって久しいゆえんである。芭蕉と良寛のあいだは、芭蕉と仙厓のあいだの距離感とそれほどの差はない。

良寛も

芭蕉さん、さあ、もういちど、飛んでみな

と、そう思っていたかもしれない。

けれども、そもそも「新池」なんてものがあるのか。

長い旅の境涯で、身もこころも退屈の時間に囲まれている。ときには冗談口もききたくなる。駄洒落も口の端にのぼってくる。

良寛の奇行

むろん、良寛には良寛なりの流儀があった。
その良寛の奇人ぶるまい、あるいは坊主ぶりの一端をうかがってみよう。

師は以前、茶の湯の席につらなることがあった。
濃い茶の席だっただろう。
師が口いっぱいに飲みほそうとして脇をみると、つぎの席に客がいた。
間をおかず
口の中に含んだ濃い茶を碗に吐きだし、隣りの客に与えた。
その人、念仏を唱えつつ
それを飲みほした　云々……。

良寛を慕う同郷の解良栄重《けらよししげ》の『良寛禅師奇話』にでてくる話だ。

作者の解良栄重は、良寛の有名な外護者《げごしゃ》だった解良叔問《しゆくもん》の三男、栄重は良寛より年下だった。良寛はこの解良家に足しげく出入りしていたという。

「奇話」のひとつとして伝えられ、ひろく世に知られるようになったが、それは奇話であるよりはむしろ良寛の日常だったのではないだろうか。

碗をもらった客人もなかなかのもので、念仏を唱えて飲みほしたとはたいしたものだ。良寛への敬愛の念のあらわれか、あるいはその坊主ぶりにはとても勝てないとあきらめたか。

そんなとき良寛は、われは俗にあらず、沙門にもあらずといった面持ちで、涼しい顔をしていたのだろう。

西行の半僧半俗

親鸞の非僧非俗

芭蕉のいう僧の塵と俗の剃髪

そのどれもが、この良寛の奇行に流れ入る一筋の道、一切の重荷を脱ぎ捨てようとする軽やかな道

もうひとつ、右の「奇行」につづくつぎの話なども、いかにも良寛らしく面白い。

同じ席であったか、別の機会だったか。良寛は自分の鼻クソをとって、ひそかに席の右手の脇におこうとした。

それをみたその席の客は自分の袖を手前に引いた。

それでこんどは、席の左手にそれをおき直そうとした。

すると、左手の客も自分の袖をそっと引いた。

師はしかたなく、これを自分の鼻の穴の奥にもどそうとした。

なぜ海をうたわなかったか

一枚の写真がある。

海に面して、タテ長の家が十数軒寄り添っている。

その向う側に、広々とした海が白い波を立てて、たゆたっている。

出雲崎の町並みの一画だ。

その昔、寄り添って建つ家々の中心に、良寛の生家があった。

海はいつも、良寛の眼前にみえていた。潮の香が鼻をつき、地を響かせる海鳴りの音がきこえていた。陽が高いときも、夜床についているときも、海から吹いてくる風がかれのからだを押しつつみ、かたわらを通りすぎていた。

ところが不思議なことに、その海を良寛はほとんど言葉にしていない。かれの歌に、海のテーマがあらわれることはなかった。漢詩に海がうたいこまれることもなかった。書簡にも書にも、海が登場することがないのである。

良寛の生きたときから数えて百年ほど前、芭蕉は『おくのほそ道』の旅に出て、越後路に足をのばしている。

やがて、出雲崎の地にいたって、つぎのよく知られた一句を詠んだ。

荒海や佐渡によこたふ天の河

元禄二年（一六八九）のことだ。良寛の生家があるあたりからつくったのだろう。

海上のかなたに、佐渡の山影がみえている。その眼前にひろがる海を、芭蕉は「荒海」といっている。たまたま中天にかかる天の河が、その海の上を覆って佐渡へ尾を長く引いていた。日はすでに西の海に沈んでいたであろう。芭蕉はその落日の光景を、ついさきほどまで凝視《みつ》めていたのかもしれない。

同じような日没の光景を、良寛も数えきれないほど眺めていたはずだ。

だが、その「海」が良寛の歌になかなかあらわれてはこない。その歌のなかに露頭することがない。


良寛が芭蕉の「荒海」の句を知らなかったとは、まず考えられないだろう。それどころか、かれは芭蕉にたいしてこんな頌歌を奉っている。

この翁　以前にこの翁なく
この翁　以後にこの翁なし
芭蕉翁　芭蕉翁
人をして千古この翁を仰がしむ

良寛の父、泰雄は俳号を以南という。早くから風雅の道に志し、俳句においては「北越蕉風中興の棟梁」とうたわれるほどの宗匠だった。

その息子の良寛が、芭蕉の「荒海」についてはほとんど口を鎖しているありさまなのだ。

もっとも晩年になって、弟の由之《よしゆき》にあてて三首の歌を送って近況を伝えているが、そのなかに「佐渡のしま」と「ありそみ（荒磯海）」の語がでてはくる。

由之老　　　　　　　　　良寛
このごろ出雲崎にて
たらちねの　ははがかたみと　あさゆふに
　佐渡のしまべを　うち見つるかも
いにしへに　かはらぬものは　ありそみと
　むかひにみゆる　さどのしまなり
くさのいほに　あしさしのべて　をやまだの
　かはづのこゑを　きかくしよしも

出雲崎での近況を伝えている。

（母の想い出にと思って、毎晩毎晩、佐渡の島を眺めて暮しております。それにつけても、眼前の荒磯と遠くにみえる佐渡の島影だけは、昔と変りませんね。あとの時間は、もっぱら庵の炉に足をさしのべて、遠くたんぼで鳴く蛙の声をきいているだけの生活です。
どうか、ご安心下さい）

良寛は、無心にくつろいでいる。それを近親に伝える歌消息だ。

良寛も、毎日のように佐渡島を眺めて暮していた。目の前に白い波を打ちあげる磯辺がひろがり、そのはるか彼方に佐渡がみえる。

その荒磯と島のあいだには広大な海の空間がのびていたはずである。けれども右の歌の光景からは、その広大な海のひろがりは浮かび上ってはこない。海鳴りの響きもこちらに伝わってはこない。

海そのものにたいする関心が薄いのである。

「いにしへにかはらぬものは　ありそみと　むかひにみゆるさどのしま」だけであって、「海」のたゆたいでもなければ、どよめきでもない。

芭蕉の「荒海や……」の句との決定的な違いがそこにあるといっていいだろう。

ただ「荒海」ではなく、「天の河」の方についてならば、良寛も関心をもたないわけではなかった。たとえば、つぎの歌などはどうだろう。

ひさかたのたなばたつめは今もかも
　天の川原に出でたたすらし

七月七日の夜のちょうどいまこそ、棚機津女《たなばたつめ》すなわち織女星が、牽牛星と天の川で年に一度の逢瀬を楽しもうとしている、という。

この歌が、『万葉集』のたとえば「天の河楫《かじ》の音聞こゆ彦星と棚機つ女とこよひ会ふらしも」などを踏まえてうたわれたものであることはいうまでもない。

良寛は万葉に心酔していた。その万葉志向がかれの抱く天の川のイメージに折り重なっている。

だが、その良寛の天の川の歌に、海のシルエットが蘇ることは、ついにない。

佐渡の島とのあいだに横たわる海が登場することもなければ、そのかなたから海鳴りの音がきこえてくるわけでもない。

芭蕉が佐渡の荒海をみつめて天の川のイメージをふくらませたように、そこに良寛は天地の共鳴を見出そうとはしていないのだ。

良寛はおそらく、芭蕉のその句を知っていたにちがいない。けれども、知ってはいても、そういう歌いぶりになびこうとはしていない。

それなら良寛はいったいどうして、海をうたわなかったのか。

難問ではあるが、面白いところである。

良寛はたしかに、「海」についてはさしたる関心を示してはいない。そのようにみえる。しかし「雪」や「風」にたいしては、異常なまでの執着をみせているのである。執着というか、その鋭敏な神経は、海にたいする無関心の態度とどこかでつながっているのではないか。

ひょっとすると、良寛における「雪」や「風」の意味を問うことによって、同じかれの作品における「海」の不在の意味を明らかにすることができるかもしれない。

肝心のところをいえば、良寛は雪とたわむれ、雪にまみれて生きていた。

雪、雪まじりの雨、風とともに吹きつける雪のなかで、腕をさすり、脚をのばして呼吸していた。

かれの歌や漢詩をみればわかるが、夏が過ぎ、秋風が吹きだすと、かれの唇からは、はや「こもり」「雪ごもり」という言葉がもれてくる。

それからあとの半年間は、草庵で囲炉裏に足をのばし、身を横たえるほかはない生活がつづく。雪と暗雲に閉ざされた狭い空間のなかで、良寛はひそかに抗がい、思考を自在にめぐらして鬱《うつ》を散じていた。

閑雅とした、自閉の籠り様、である。その光景を眺めていると、春になって野良に飛びだし、鉢の子を手に里に出て行乞する姿が、まるで良寛とは別の人間のようにみえてくる。子供たちと手鞠をついて遊び呆ける良寛の姿が、一幅の絵空ごとめいた戯画のように思えてくる。

春の峠のなかを歩む良寛の天真の姿が、何者かに仕掛けられたフィクションの罠のようにみえてくるから不思議である。

雪をうたう

さきにもふれたが、良寛は出雲崎の庄屋の長男に生れたが、二十二歳のとき、備中玉島の円通寺の国仙和尚が、北陸の布教にやってきたときに出会う。たちまち入門し、和尚のあとにくっついて故郷を離れた。

それから十二年、その円通寺の僧堂での厳しい生活に入る。はじめて知る修行の実態にふれた。

やがて国仙和尚は逝き、良寛は良寛で諸国行脚の旅に出る。籠りの行の生活から遊行自在の生活へ……。内閉から解放へ。

ときに三十四歳だった。この放浪の時代は足かけ五年ほどつづくが、転機が訪れ、故郷への帰還を決意する。転機とは、ふたたび民の暮しの中へ、漢詩的心境から俳諧的世界への脱出の思いだったかもしれない。

越後の地に良寛がもどったのが寛政八年（一七九六）の秋、ようやく三十九歳になっている。円通寺に入門してからでは十七年の歳月が流れていた。

かれの背中、その首の根っこには、死んでいった修行僧たちの伝統的な重圧がずっしりのしかかっていた。

帰国後につくられたものであろう、まず、明るい雪。

すばやく法師が訪ひこしければ
国上山谷の白雪ふみわけて
霞とともに君はたちきぬ　　鵲斎《じやくさい》

花咲けば待つには久しひさかたの
雪踏みわけてわが出でてこし　　良寛

国上山雪ふみわけて来しかども
　若葉摘むべく身はなりにけり　　良寛

原田鵲斎は、国上村真木山で医師をしていた。良寛と親しく交わった道友の一人だ。かれは宿なし良寛を見て、国上山の五合庵に入ることをすすめた。春になって、その草庵から、雪を踏みわけて里に出てきた。そのときの情景を、贈答歌の形でうたったものだ。春の雪を、もうひとつ添えてみよう。女性の維馨尼《いきように》にあてた手紙のなかに、それが出てくる。

春夜二三更、等閑に柴門を出づ。微雪松杉を覆ひ、孤月層巒《そうらん》に上る。人を思へば山河遠し、翰《ふで》を含んで思ひ万端。

月ゆきはいつはあれどもぬばたまの
　今日の今宵になほしかずけり

与板大坂屋　維馨老尼　　良寛

ある春の夜、草庵を出ると、雪がわずかに杉にかかり、月がひとり山の上にのぼっていた……。

維馨尼は与板の豪商大坂屋三輪家六代目長高の娘で、俗名をおきしといった。のち山田杢左衛門に嫁したが、夫と死別し、生家にもどって有髪の尼となった。しばらくして、こんどは落髪して維馨尼と称した。

良寛とは、若いころからの友達であったらしい。

もしかすると、このころから良寛は自分のことを「僧にあらず、俗にあらず」と称する気分になっていたかもしれない。

それは西行の歩いた道だった。

親鸞が辿りつこうとしていた、目に見えない道だった。

芭蕉もまた、知らずしらずのうちに、その細い道を歩いていた。

それから先、良寛の脳裡にはいつもその三人の面貌があらわれてくるようになる。

それが備中円通寺への長い、長い往還の旅のなかで、しだいに大きくふくらんでいく。

身軽になっていく道でもあった。

良寛における「軽み」のリズムができ上っていった。

一瞬、修行という重い荷物からは離れて……。

つぎに、真冬の雪もみておこう。

玄冬十一月
雨雪まさに霏々《ひひ》たり
千山同じく一色
万径人の行くこと稀なり
昔遊《せきゆう》総て夢と作《な》り
草門深く扉を掩《おお》ふ
終夜榾柮《こっとつ》を焼《た》き
静かに古人の詩を読む

雨まじりの雪が降りつづく真冬の深夜、草庵の扉は閉ざされ、良寛は炉にほだをくべて、「古人の詩」に没頭している。
そしてたとえば、つぎのような詩。

日々《にちにち》　日々　又日々

日々　夜々　寒き肌《はだえ》を裂く
漫天の黒雲に　日色薄れ
匝《そう》地《ち》の狂風　雪を捲いて飛ぶ

あるいは

冬夜長し　冬夜長し
冬夜悠々　いづれの時にか明けん
灯に焰《ほのお》なく　炉に炭なし
ただ聞く　枕上夜雨の声

くる日もくる日も、曇天と黒雲と風雪がかれの小さなからだを取り巻いて立ち去ろうとしない。日々、日々、夜々、夜々が、ただ果てしなく緩慢につづいていくだけ。

その孤絶のなか、ときに寒さが肌を裂く。乾いた音をきしませて血が騒ぎ、逆流する。庵の主人の眼がにわかに光を増し、ケモノのような息が吐き出される。

長い長い冬が気の遠くなるような速度でゆっくり動いていく。灯りに炎が消え、炉から熱気が消滅するとき、雨の音だけが耳にひびいている。

枕上にひとり醒めている耳のひだを打っている。

雪国の寒夜に良寛の肌が震え、耳だけが直立して、身がまえている。

故郷に帰って久しぶりに出雲崎の地を踏んだ良寛は、しかし生家には身を寄せなかった。

そのまま北上して、国上山と弥彦山の麓近くに雨露をしのぐだけの空庵や堂などを求めて、転々とする生活がつづく。

出雲崎を去ること北方三里の郷本、さらにさかのぼって寺泊《てらどまり》、そして標高三百メートルの国上山および六百メートルの弥彦山を取り巻く地域に、仮りの棲家をみつけて移り住んだ。

ある寂しい荒れた村では、わずかの賃銭をうるため人に傭われもしている。

いつのまにか、行乞でその日の糧をうる生活がはじまっていた。

やがて、再び国上山の中腹に五合庵を結んで定住するようになる。

文化元年（一八〇四）のころだ。良寛四十七歳になっていた。

それが、その後六十歳近くまでつづく。

　　飯乞ふと里にも出でずなりにけり
　　　昨日も今日も雪の降れれば

わが宿の浅茅おしなみふる雪の
　消なばけぬべきわがおもひかな

降りやまない雪をみて、今日も行乞に出ていけないわが身をふり返って嘆息している。小さな貧しい庵を押し包むように雪は降り、屈曲する想いもまた胸の奥に降りつもっていく。いつそれは消えるであろうか。

否、それはそもそも消えるのだろうか。

雪の千変万化を、ただ、じっとみつめているだけ、ひとりで対話を重ねていく……。

良寛には、三人の弟と三人の妹がいた。

その多くが和歌や書や学問にすぐれていたが、さきにふれたように父・以南も風雅のたしなみがあった。

すぐ下の弟である由之も国学に通じ、桂園派に属する歌人だった。

由之ははじめ、兄の良寛に代って家業を継いだが、晩年になって隠遁し、庵を結んで良寛と心を通わせ、往来した。

そのつき合いのなかで、しきりに書簡のやりとりをしていた。あるとき弟の由之から、歌を添えて布団が贈られてきた。
それにたいする礼状である。

ふとんたまはりうやうやしくをさめまゐらせ候　春寒信《まこと》にこまり入候　然ども僧は無事に過候　ひぜむも今は有か無かになり候

かぜまぜに雪はふりきぬ　雪まぜに風はふきききぬ　うづみびにあしさしのべて　つれづれとくさのいほりにとぢこもり　うちかぞふればきさらぎも　ゆめのごとくにすぎにけらしもつきよめばすでにやよひになりぬれど　ぬべのわかなもつまずありけり
みうたのかへし

極楽の蓮のうてなをてにとりて
　われにおくるはきみが神通

いざさらばはちすのうへにうちのらむ
　よしや蛙と人はいふとも

やよひ二日

由之老　　　　良寛

前段は挨拶をかねた前文、二段目が長歌、三段目が短歌二首という構成になっている。

風まぜに雪が降り、雪まぜに風が吹くなかを、良寛は炉辺に腰をおろし、足をさしのばして、埋み火で暖をとっている。

そんな日、かれはつれづれに双脚を伸ばし、寒さのなかの独居を楽しんでいる。心からくつろいでいる。

リラックスしたひとり住いで、身軽になっている。

軽みの庭に出て遊んでいる老人を、雪がとり囲み、風が応援している。

歌の空想、風塵の妄想とたわむれている。

たとえば、つぎの五言詩……。

生涯身を立つるに懶《ものう》く　騰々天真に任す

嚢中三升の米　炉辺一束の薪《たきぎ》

誰か問う迷悟の跡　何ぞ知らん名利の塵
夜雨草庵の裏《うち》　双脚等閑に伸ぶ

気負いがみられないではない。身一つで天地に立つという気概が面前にはりついている。けれども、ふとふり返り、ただ炉辺に双脚を伸ばして、くつろいでいるだけだとつぶやく。草庵の外では陽が落ちて、雨が降りつづいているだけだ。雪の夜と同じように……。あとはただ脚を伸ばして暖をとる。薪が尽きるまで……。

同じように、つぎの一首。

くさのいほに　あしさしのべて　をやまだの
かはづのこゑを　きかくしよしも

すでに掲出したものだが、弟の由之にあてた消息のなかに出ている。佐渡を遠望する二首のあとに記されていた。

雨がしとしと降りつづける夜中に、蛙の鳴く声がきこえている。

明りが消え、炭火が灰だけをのこし、良寛はただ聴覚と一体になって、床の上に身を横たえている。

雲のように
風のように

雪の夜に寝ざめて聞けば雁《かり》がねも
　天つみ空をなづみつつ行く

空飛ぶ雁のように身軽になって……。

雪のなかに双脚を伸ばしている良寛は内省の人だった。自閉的なまでに内省の人だった。その内にむかう激しさのなかから、天真のうたが花開いたのかもしれない。

そんな良寛にとって、茫洋とひろがる海は、何ともとりとめのない、不安定な世界にみえたのかもしれない。

重苦しい海鳴りの音などに親しみの気持がわくこともなかったのだろう。

春になって野づらに出て逍遥し行乞する良寛、陽がさんさんとふりそそぐ、うららかな日に子どもたちと手鞠をつく良寛、──そういう良寛のイメージは、雪のなかに閉ざされてひとり双脚を伸ばしているもう一人の良寛のたんなる陰画でしかなかったような気がしてならない。

ほお！
良寛さん
いいとこいってるね

どこからか、芭蕉の声がきこえてくる。

おれの軽みの味を
横盗りしたね

良寛さん、
あとを頼む……

『正法眼蔵』に涙す

良寛は若いころ、おそらく備中玉島で修行の真っ最中だったが、道元（一二〇〇～一二五三）

に心酔していたらしい。

曹洞宗の国仙和尚について出家したのだから、その宗祖に夢中になるのは自然のなりゆきだった。

しかしその熱中ぶりは、少々異常でもあった。

たとえば、かれの漢詩に道元のことがでてくる。もとの詩は、もちろん字面真っ黒の漢字漢文であるが、ここでは読みやすくするため漢字かな交り文に直して再現してみよう。

連歌まがい、和歌仕立てといってもいい。

それこそが良寛流といっていい。

おそらくそのような表現方法の変化、つまり漢字漢文寄りから和文への流れこそが、晩年に近づくにつれて、しだいに、ますますつよくなり、進行していったにちがいないと思うからだ。

永平録を読む

春の日　いまは夜中
空はまっ黒　はてしない

春の雨　降る雪にまじって
庭竹にそそぐ
寂しさがつのり　たとえようがない
暗がりのなか　あてもなく手をさしのべ
やっとの思いで「永平録」を　さぐり出した

この冒頭部分だけ、原漢文とその読み下し文を掲げておこう。

春夜蒼茫二三更
春雨和雪灑庭竹
欲慰寂寥良無由
背手模索永平録

春夜蒼茫《しゅんやそうぼう》たり　二《に》三更《さんこう》
春雨雪《しゅんうゆき》に和《わ》して庭竹《ていちく》に灑《そそ》ぐ
寂寥《せきりょう》を慰《なぐさ》めんと欲《ほっ》するも良《まこと》に由無《よしな》く

背手模索《はいしゅもさく》す　永平録《えいへいろく》

あとにつづける。

永平録を　明るい窓の下　机上にのせる
香をたき　明かりをつけ　静かに読んでいく
なかに眼を射る文字　「身心《しんじん》脱落」
これこそ　ただひとつ真実
道元禅師こそ　その唯一の説き手だ
あたかも龍が玉を手だまにとるように
数多の高僧たちを例に引き
僧たちの比類なき心の働きを明らかにする　それこそ釈尊の姿
思い返せば　昔　玉島の円通寺にいたとき亡師国仙和尚から
『正法眼蔵《しょうぼうげんぞう》』の教えをうけた
生き方も　心の働きも　それで一変
『正法眼蔵』の世界を生きることにした

時がたち　国仙和尚にお別れし　諸方の高僧たちを訪ねて　旅に出た
どこへ行っても『正法眼蔵』の教えをうけて　実践した
それから　どのくらいの時がたったのか
気がつくと　故郷に帰って　気ままな暮しに入っていた
今　この書物を手に　心静かに読むとき
それが傑出した内容にみちていることにあらためて気がつく
にもかかわらずそれが世にあらわれてから五百年
その稀有の書物が玉か石かを考える者がひとりもいなかったとは
眼力ある者がひとりもいなかったということだ
道元禅師の昔を慕い　今の世のありさまを嘆じて
ただただ疲労困憊するばかりである
この夜　明かりの前で
涙が　とめどもなく流れ
道元禅師のご著書を　すっかり濡らしてしまった　ああ　ああ
翌日になって　隣りの老人が庵にやってきた　そしてたずねた
　この書物は　いったいどうして濡れているのか　と

私は　そのわけを話そうと思ったが言わなかった
心ではひどく悩んだけれども　話すまでにはいたらなかった
そこで　頭をたれ　考えた
そのあとで　よい言葉を思いついた
ゆうべからの雨もりが　本箱を濡らしてしまったためだ　と

やはり最後の一節も冒頭部分と同じように、その原漢文と読み下し文をつけ加えて、掲出しておこう。この詩のハイライトであるから……。

慕古感今労心曲
一夜灯前涙不留
湿尽永平古仏録
翼日隣翁来草庵
問我此書因何湿
欲道不道意転労
意転労兮説不及

低頭良久得一語
夜来雨漏湿書笈

古《いにしえ》を慕《した》ひ今《いま》に感《かん》じて心曲《しんきょく》を労《ろう》す
一夜《いちや》灯前《とうぜん》涙《なみだ》留《とど》まらず
湿《うるお》ひ尽《つ》くす永平古《えいへいこ》仏録《ぶつろく》
翼日隣翁草庵《よくじつりんおうそうあん》に来《きた》り
我《われ》に問《と》ふ此《こ》の書何《しょなに》に因《よ》ってか湿《うるお》ふと
道《い》はんと欲《ほっ》して道《い》はず意転労《いうたたろう》す
意転労《いうたたろう》すれども説《と》き及《およ》ばず
頭《こうべ》を低《た》れ良久《ややひさ》しくして一語《いちご》を得《え》たり
夜来《やらい》の雨漏書笈《うろうしょきゅう》を湿《うるお》すと

良寛は、道元が好きで好きでたまらなかった。その心臓の躍動がこの詩のなかに瞬時もやすまず脈打っている。

「永平録」、すなわち『正法眼蔵』は、いうまでもなく道元の主著とされる難解きわまる本。

これは、今日の目から眺めれば、道元における若い修行時代の「博士論文」だ。ちょうど若き日の親鸞の著作『教行信証』がそうであったように……。主著とはいいながら、いったい誰がこれをよく読み解くことができるのか。ほかならぬ道元自身がそう考えていただろう。しかしその書物を読んで、良寛は感動の涙を流している。

いったい、どんな読み方をしていたのか。

良寛は、道元のいう「身心脱落」という言葉、その体験内容につよい関心をもっていたようだ。

とりわけ「身心脱落」の「脱落」だけに胸を震わせていたのかもしれない。脱落、脱落といっているうちに、身軽な姿で大気中に泳ぎだす。そんな感覚だったのではないか。

「身心脱落」とは、かつて道元が留学僧として入宋し、天童山の如浄《にょじょう》禅師について修行し、ついに到達したと考えた体験内容である。身とこころが一体になり透明になった状態のことだろうか。

釈迦が悟りを開いた成道《じょうどう》体験

達磨が面壁九年によって得た成仏《じょうぶつ》体験

そのエッセンスのような、清澄感とでも名づけることができるような坐禅の体験である。その「身心脱落」の言葉がこの詩の中に輝く光点のように出現する。

道元への良寛の打ちこみようがわかる詩篇といっていいだろう。

雪の夜、深更に及んで道元のつむぎ出す一語一句に感動し、一節一文に涙を流し、ついに「永平録」の書物を濡らしてしまった。

翌朝、隣家の老人がやってきて、本が濡れていますよ、と問うと、しばらく考えてから屋根から雨水がもれてきて、それで濡れたんです、と答えた。

道元の書を読んで、感動のあまり、涙でそれを濡らした、とはとてもいえなかった、と結ぶ。日常、愚人のごとく、痴人のごとく生きようとしている良寛である。

隣家の翁の問いに羞じらい、面を伏せる良寛である。

含羞《がんしゅう》の人というのはこの人間のためにとっておかれた言葉のようだ。

漢字漢文の流れまでが、まるでその含羞の人の姿を覆いかくすために採用された道具のようにさえみえる。

脱ぎ捨てた世界

時が流れる。

円通寺時代の重苦しい春秋のときも、またたくまに過ぎていった。ふるさとに帰り、乞食修行をはさむ庵住まい、そして放浪暮らし。

老翁の晩年がやってきても、日々、道元を想いおこして、なつかしんでいる。

ただ道元を慕う気持だけが胸の底に沈んでいる。

ようやく重荷を背負う時代から、重い重い荷物を脱ぎ捨てる時代がめぐってきている。その分、良寛のからだが軽くなっている。ふたたび旅へ、そしてうたの海へ、山へ。こうして『正法眼蔵』の中国かぶれが、すこしずつ脱ぎ捨てられていく……。

もう、あの「身心脱落」も、どうでもよくなっていたのではないか。

『正法眼蔵』の重圧は、すでに眼前から消えていただろう。以下、道元。

春は花
夏ほととぎす
秋は月
冬雪さえて

涼しかりけり

五七五七七であるけれども、これはいつでも五行詩に化ける。

それが気分を爽快に誘う。

道元はときどき歌をつくっていた。難解な自分の博士論文を砕くために。引用に覆いつくされた言葉の森に火を放つために……。

歌は、弟子たちによって断片的につづり合わされていって、のちに『傘松道詠《さんしょうどうえい》』と名づけられた。

道元の「歌集」とされるようになった。

博士論文『正法眼蔵』の付録ぐらいの位置づけで伝承されるようになった。

とんでもないことだった。

道元の真意を裏切る行為だとは、誰も思わなかったのだ。

漢文脈の岩壁をつき崩し、それを柔かい大和ことばに移しかえようとしたかれ自身の真実が、後世になるにつれてしだいに忘れられていった。

道元は年を経るにつれて、人知れず成熟していく。変容の歳月を重ねていた。

だから道元は、右に掲げた五行詩に、「本来の面目」という詞書を付したのだ。

本来の面目

それは、何か。春は花だ、と一言でいい切っている。万葉の大伴家持《やかもち》以来、古今の紀貫之以来、すこしも変らない本来の面目だった。

そのとき道元の面前に、もはや『正法眼蔵』は存在しない。「身心脱落」も宇宙の外に放りだしている。眼前に積まれている万巻の書も空中にただよう風塵に舞い上っていただろう。

晩年の良寛もそのことをよく知っていた。辞世ともいわれるつぎの一首をみてみよう。

形見とて
何残すらむ
春は花
夏ほととぎす
秋はもみぢ葉

さきの道元の五行詩を念頭につくられていることが、すっと伝わってくる。けれどもさすが、道元にたいし、すんなりとは返していない。油断のならない批評の目が隠されている。

形見とて
何残すらむ

を冒頭においたところだ。

私には「形見」なんてものはなにもありませんよ、と。

道元は、死を前にして、永平寺僧堂の後継者を誰にするかで悩んでいた。古参の長老に託すか、それとも新進の若者に譲るか。

その葛藤のなかで、病いに倒れた。

そのいきさつを知ってか、知らずか、良寛は知らぬ顔で、

形見とて
何残すらむ

といい換えている。「形見」の二行をもってきたために、末句の冬の条目を削除している。道元の「冬雪さえて涼しかりけり」を省略する挙に出ている。

ここで、雪に苦しみ抜いていた良寛の姿が浮かぶ。もしかすると良寛には「雪嫌い」の性《さが》があったかもしれない。

その本音が、ここにきて露出した。

良寛の五行詩が、もしかすると道元の五行詩のパロディーかもしれないと、日ごろ私が疑っていたのもそのためだ。

もっともそれこそが本歌取り、つまり日本の歌のもどき芸、の発露ではないかとの見立てもなりたつ。

もどきかパロディーか。

形見とて
何残すらむ

そこに、軽みに脱出しようとする良寛の最後の出口、いや入口がみえている。
良寛の「略年譜」の行間を読んでいけば、かれはすでに
『法華経』を捨て
『寒山詩』を捨て
『万葉集』『古今集』を捨て
『和漢朗詠集』を捨ててきた。
あらためてその人生をふり返れば、
王羲之の名前も捨て

注釈、解説の類も捨て
何もかも捨て、捨てはててきた。
そのとき　はじめてみえてきた脱出、いや入口の道……

そのままの姿で良寛は
庵の炉に両脚をさしのべて
そこから立ちのぼる煙りの雲にのって
空のかなたに消えていく
まぎれていく
森の奥に　林の蔭に姿を消していく
俗にあらず
沙門にあらず
とつぶやいて
その後
この人の足跡は　誰も知らない
良寛、いま、いずこ

西行のそば近くにいるかもしれない
親鸞と膝をまじえて座っているだろうか
芭蕉との語らいの輪を楽しんでいるのか
良寛、いま、いずこ

三人の円座の輪に
最後の一人、良寛が加わる
四人の円座を組んでいる

口火を切るのが　吟遊三昧の西行
そして和讃三昧の親鸞が　やってきて
俳諧三昧の芭蕉が相槌を打って膝をのりだす
左手に和歌　右手に俳句をかざして
良寛が円陣に加わっている

さて　汝はどこに座るか　の声がきこえる
天の声だ　風にのって頭上に落ちてきた
どこにいても　どこに割こんでも　いいだろう
いずこに跳んでいっても　いいだろう
誰も　文句はいわないはずだ

いってみれば　それが　第三林住期だ
おのれの林住期だ　人ごとではない
自分ごとの話に　戻ろう

思い返せば
序章でふれておいたように
最後まで手元に残していた　とっておきの知の集積
背負いつづけた「全集」を私は捨ててきた

そう告白し　そのように書いてきた
あれも捨て　これも捨ててきた　最後の思い切りだった
それでいいではないか
齢は　すでに八十八

ようやく　重い重い鎧を脱いだ気分だ
涼しい　さわやかな風が吹いてくる

ここまで　私におつき合いいただいた方々はどうだろう
まだまだ重い荷物を背負ったままでおいでだろうか
ならば　そろそろそれを下ろされたらどうだろう
高齢を迎える時節になれば
そろそろ　心を四方八方に開きたくなるころだろう
他への遠慮などご無用　そんなものは空中に放り投げて
好きをしたらよろしいではないか

旅三昧
読書三昧
ときに
妄想三昧
昼寝三昧
昼間から
明るい空の下で
ぼうっとしていてもいいだろう
あっけらかんの　プチ林住期
先人たちの　最期にのこされていた林住生活も　それなりにいいだろう
けれども　気持だけの短期の家出　という手もあるにちがいない
とにかく　身軽になる手立てを考えてみる
身軽になることを　いろいろ試してみる　どうだろう
面白い景色がみえてくるはずだ

桜を愛した西行

自然にたどりついた親鸞
乞食願望に憑かれた芭蕉
一二三と世を過ぎていった良寛

賢者のごとく愚者のごとく生きた四人
人生の晩年にはいずれも「うた」を選んだ
身軽になろうや　身軽になろうや　みんなそう言いたげな表情を浮かべて
去って行った

遊びごころを抱き
旅ごろもを身にまとって
去っていった
無へ

「あとがき」にかえて

このごろ身辺が寂しくなっている
私はそこに投げだされた　一個の物体だ
右の眼が緑内障で視野がぼやけてきた
視力も落ちている
JRや私鉄の駅に行き
運賃表を見上げると数字がよく見えない
1と0の判別がつかない

出不精になっている
絵や書や彫刻　そして陶器など
展覧会に出かけるのが億劫になった

作品をガラスのケース越しに見る
いつも　ぼやけた輪郭
置かれている物の感触が手元にとどかない
そのもどかしさが　うっとうしい

美術館　博物館
出かけても　作品の前に立っても
あらぬ妄想に逃亡する
もう　敬遠したまま　久しい

視界がこのように衰える前　ときどきは
美術館　博物館に出かけていた
絵や書や彫刻の前に立つことがあった
立派な茶碗や普通の茶器の前にたたずんだ
古い時代の名品もあった
ガラス越しであったが

たしかに厳粛と緊張の気が満ちていた

けれども　それらの物たちは
その場にうずくまったまま
身動きひとつしない
ケースに囲われて
ただそこに置かれていた
ただそこに投げ出されていた
それらの茶碗たちは　いかにも寂しげだった
どっしりしたような茶碗なんかも
とても悲しそうに　そこに座っていた
ひとりぼっちで　今にも泣きだしそうだった
茶碗たちは　いまにも全身の毛穴から汗をふきだし　泣きだしそうにみえた
それらの物たちは　本来の居場所に置かれていない
その嘆きの声がきこえてきた

いかにも重たそうな　疲れきったような
どんよりした気配だけが
その置かれた場所に澱んでいるようだった

おい　お前
もっと　身軽になれよ

といってやりたくなった
美術館や博物館までが
使い古された歴史的残存物の貯蔵所にしかみえなくなってしまうではないか
その鈍重な風景の全体が　これまでの自分の人生にそのまま重なってみえるようになった
美術館や博物館から足がだんだん遠のくようになったのだ

二〇〇六年のことだ
ある人の縁で　備前の陶芸家に会いに出かけた
長大な窯の現場を見るためだった

奥深い山道を歩いて
百メートルはある長い長い窯の入口に立った
樹林のあいだを抜け　天に達するかのようなトンネルを見上げて　私は驚いた
入口には火入れのさいに張られたしめ縄がのこされており
神事の現場に立たされた気分だった

真っ暗闇のなか　灼熱の高温で窯変した陶器の群が
火中におのれの身を投ずる過激な焼身行者のように迫ってきた

長いトンネルの中に入り
這いのぼるようにして　天井の出口にたどりつき　外の世界に飛び出した
そのとき　霊気に包まれた不思議な酩酊の中にいた

帰途　陶芸家のお宅に寄り　ご自慢の作品をみせてもらった
辞去するにあたり
小さな備前の盃をいただいた

濃い茶褐色に焼かれ　赤銅色の
鈍い光を放っていた

その赤胴色の小さな盃がそれ以後　私の変らざる同伴者になった
一日も欠かすことのない　晩酌の相棒になったからだった
夜が更けるとそいつを相手に　ちびりちびり　やるようになっていた

飲む
置く
また
飲む
置く

そして　ふたたび
ゆっくり　飲む

あたりを　見る
じっと見る
置く

時間が　沈黙したまま　流れていく

家人はおのれの食事を終えて　とっくに姿を消している
ほかに誰も　いない

小さな盃との対話がはじまる
その赤銅色を前に　もう血が頭にのぼっている
老化のためか　ものがよく噛めない
くり返し　噛む
噛む　噛む　噛む……
入れ歯　差し歯で　噛む　噛む　噛む
噛む　噛む　噛む……

どろどろになった液体が　最後に喉の細い管を通って　下へ下へ流れていく
流れていく
それに混って　酒のエキスが腹の底に　ペニスの先まで吸いこまれていく
　どろどろ
どろどろ
どろどろのカオスが丹田のあたり　そのまた底の隅まで　どこまでもひろがっていく
カオスの渦巻きが全身を包みこみ　法悦の気流にのせられていく

想像の攪乱から
空想の穴へ
妄想のカオスへ

ふと気がつくと　眼前の小さな赤銅色の盃のなかに　小さな米粒のような影が浮かぶ
軽い軽い自分の影だ
それが小さな櫂《かい》をもって　一心にこいでいる

漂流する一寸法師
亀の背にのる浦島太郎
盃坊主の化けもの
盃童子の幻影

妄想モノガタリの幕があく
盃が動きだす　赤銅色に　もう喜色が浮んでいる　硬い表情をヒクヒクさせはじめた
緊張した素肌をふるわせて

焦点の定まらない恍惚状態のなか
突然　北斎の巨大な逆浪の飛沫が飛んできた
鋭い飛沫のきっさきのかなたに小さな小さな小舟が浮んでいる
赤銅色の小さな小さな小舟　赤銅色の軽やかな波浪にのみこまれそうな小舟
それが風と浪に吹きあげられるように浮んでいる
小舟の上に米粒のような　点のような人　人　人……

はるかかなたに　富士の山
手前に　米粒のような舟と人
舟の上に　ケシ粒のような盃童子　そいつがのっかっている
北斎のダマシ絵が逆浪のカオスの飛沫の上にちょこんと浮んでいる

盃童子とのつき合いが　かれこれ二十年……
酒とのつき合いか　盃とのたわむれか　もう判然としない
盃は美術館や博物館からはすっかり飛びだして　妄想の旅をいっしょにはじめている

北斎が出れば　つぎは等伯だ
葛飾北斎が登場する以前は　長谷川等伯の時代だった　等伯の存在は圧倒的だった
なかでも「松林図屛風」
その世評が高いのは　どうだ
全面に霧と風が吹き荒れ　松並木の根元が　のこらずかき消されそう……
影のような　幻のような松の林の片隅に
小さな赤銅色が　ふらふらとあらわれ

童子の足元も揺れ　揺れて
いつのまにか消され　もぎとられている

等伯の遍歴の旅が果て　やっとたどりついたさきが
霧と風雨にかき消される寸前の　松林の図だった

北斎の巨大な逆浪　それにたいして　絶滅寸前　衰亡寂滅の松の林
赤銅色の小さな盃が　またぞろそわそわしはじめた
気がつくと　もうその背後に幽鬼のような松林の群が　迫っている

お前も　そろそろ年貢のおさめどきだ
観念しろ
わしは「松林図」なんてものではない
「松林涅槃図」といってほしいな……

そんなつぶやきがきこえてきた

それそれ
盃にのって　空を飛べ
そうすりゃあ……
自然も騒ぎ
天地も動く

盃の底に　山と水が浮かび上ってくる
盃の外縁に　うっそうとした森が盛り上り　大口を開いて笑っている
盃の内側に　天女の衣がひらひら舞っている
松林は　すでに涅槃寂静し
富士山麓の逆浪と　にぎやかな遊宴をはじめている

私はただ
小さな小さな軽い盃を手に
この妄想三昧のなかで
呆《ぼ》うっと

していたいだけだ
重力のない世界のなかで
ただ呆うっと
していたいだけだ

新潮選書

「身軽《みがる》」の哲学《てつがく》

著　者………………山折哲雄《やまおりてつお》

発　行………………2019年５月20日

発行者………………佐藤隆信
発行所………………株式会社新潮社
〒162-8711 東京都新宿区矢来町71
電話　編集部 03-3266-5411
読者係 03-3266-5111
https://www.shinchosha.co.jp
印刷所………………錦明印刷株式会社
製本所………………株式会社大進堂

乱丁・落丁本は、ご面倒ですが小社読者係宛お送り下さい。送料小社負担にてお取替えいたします。
価格はカバーに表示してあります。

ISBN978-4-10-603839-6 C0395